レイアウトは期日までに

碧野 圭

Kei Aono

U-NEXT

レイアウトは期日までに

1

「詰んだ」

赤池《あかいけ》めぐみは、思わずそうつぶやいた。自宅アパートのドアスコープから見えるのは、初老の女性、めぐみのアパートの大家だった。大家はめぐみの部屋の下に住んでいる。

「赤池さん、いらっしゃるんでしょう？　外まで聞こえましたよ。開けてください」

そこまで言われると、ごまかしようがない。めぐみは溜め息をひとつ吐くと、ゆっくりドアを開けた。

「お邪魔しますよ」

大家は玄関のたたきに立った。かろうじて人ひとり立てるくらいの狭い玄関だ。

大家が二階のアパートに来たのは初めてだった。同じ敷地に住んでいても店子とは別の私道から出入りしているし、家賃は銀行振込みだ。アパートの住人は滅多に大家と顔を合わせることはない。

「こんばんは」

こんな時にどう挨拶すればいいのかわからず、めぐみはありきたりの挨拶をした。

大家は何も言わず、めぐみの足元を見る。その視線の先には、白と茶色の毛をまとった雑種の犬がいる。犬はきょとんとした顔で大家を見ている。

「やっぱり、犬がいたんですね。さっきの鳴き声で、確信しましたよ」

「あの、これは……」

なんとかごまかそうとするが、咄嗟に言い訳の言葉が出てこない。確かに、胡桃《くるみ》の声は大きかった。階下に住む大家の耳にも、当然届いただろう。

胡桃、つまりめぐみの愛犬は、室内では吠えたことがなかった。暴れることもない。柴犬より一回り大きな身体を縮こめるようにして、日がな六畳間のフローリングの床に寝そべって過ごす。だから、安心していたのだ。

なのに、さっきは大きな声で吠えてしまった。

いや、胡桃が悪いのではない。めぐみがうっかりコップを落としてしまい、中に入っていた珈琲を胡桃の背中にぶちまけてしまったから、びっくりしたのだ。

ワンワンワン、ワンワンワン。

あの声は大きすぎた。夜七時を過ぎた静かな住宅街に響き渡ったはずだ。

「一時的なものかと思って黙っていたんですけど、さすがにもう三ヶ月にもなりますからね。うちとしても、さすがに黙ってはいられませんからね」

しまった。最初に犬を連れて来た頃から、ばれていたのか。

「いえ、ほんとに一時的なものなんです。三ヶ月前、公園で犬をみつけて、すぐに交番に届けました。人馴れしているから迷子になっただけで、すぐに飼い主がみつかるだろうと思ったんです。でも、それまで交番に置いとくわけにはいかないから、しばらく預かってくれって頼まれて、それで」

「それで、結局飼い主が現れなかったんですね」

「ええ、まあ」

三ヶ月経っても犬の飼い主は名乗り出ない。交番からは保健所に届けると言われたのだが、それでは可哀そうだと思い、そのままめぐみが引き取ることにしたのだ。

「だけど、誰か飼ってくれる人を探しているんです。ネット掲示板にも出していますし、近いうちにきっと」

「犬の貰い手ねえ。血統書付きの小型犬ならともかく、そんな大きくてしかも雑種でしょう？　引き取り手がいるんですかねえ」

大家はうさんくさそうな目で胡桃を見る。確かに、胡桃は譲渡会で注目を集めるような犬ではない。

「いい仔ですし、時間を掛ければきっと」

「そう言って、ずるずる置いとかれるのは困るんですよ。うちはペット禁止のアパートだし」

「でも、すごくおとなしい仔なんです。家ではまったく吠えませんし、いたずらも全然しない。おしっこやうんちも家でしないから、匂いもこもらないし」

無駄だとわかっても、めぐみは懸命に弁明を試みる。

「そうは言っても、さっきは吠えたじゃないですか。それに、犬そのものが臭い。匂いが染みついたらなかなか取れないし、次に貸すのにも困る。アレルギーのある人もいるし。うちは慈善事業で部屋を貸してる訳じゃないんですよ」

「それはそうですけど……」

「うちはペット禁止です。すぐに犬を処分するか、ここを出るか、どちらかにしてください」

それを聞くと、それまで静かにしていた胡桃が急に体勢を低くして、「うー」と威嚇するような声を出した。眉間と口元に皺が寄っている。敵と認めた相手にする態度だ。

「ワン、ワン」

大家に向かって、大声で吠えた。

「ほら、こんなにうるさくして」

「いえ、普段はそうじゃないんです。胡桃、静かにして」

いつもは素直にめぐみの言うことを聞く仔が、ワンワンと大声で吠えたてる。その剣幕にひるんだのか、大家は一歩、後ろに下がり、ドアの陰から上半身だけ部屋をのぞき込むようにして言う。

「ほんと、近所迷惑ですよ。それにこんな大きな犬じゃ、狭い六畳一間のアパートで飼うのは無理。犬も閉じ込められて可哀そう。手放した方が犬のためじゃないですか？」

痛いところを突かれた。

もっと広い家で暮らす方が犬のため。

だが、それを聞いて、さらに胡桃の吠える声は激しくなる。

「とにかく、犬を処分するか、できなければ今月中に出て行ってください」

捨て台詞を吐き捨てるように言うと、大家はドアを閉め、足早に去って行った。いまいましそうに鉄の外階段を下りる足音が響いていた。

どうしたらいいいんだろう。

もう、泣きそう。よりによって、こんな時に。

卒業以来契約社員として勤めていた会社の契約をつい先月、打ち切られたばかりだった。条件は決してよくはなかったが、デザインを仕事にすることができた。周りの人たちにも恵まれ、楽しく仕事をしていた。自分も役に立っていると思っていた。それなのに二ヶ月前、前触れもなく、契約終了を告げられた。

それだけでも大変なショックだったのに、このうえアパートまで追い出されるのか。

めぐみはベッドに倒れ込むと、両手で顔を覆った。

なんでこんなことばかり起こるのだろう。

ほんとに、どうしたらいいいんだろう？　どうしてこんな目に遭うのだろう？　真面目に、地道に生きて来たのに。今年は星回りが悪いのだろうか。それとも厄年だっけ？　いや、女性は確か三三歳だから、まだ六年先のはず。

その時、何かがめぐみの手に触れた。湿った温かいものが、めぐみの手に触れた。くすぐったいような感触。胡桃の舌だ。

胡桃はベッドの端に前脚を掛け、のしかかるようにしてめぐみの手を舐めている。めぐみが顔から手を外すと、待っていたように今度は頬や口元を舐めようとする。くすぐったさに思わず声を立てて笑うと、めぐみは身体を起こした。

「わかった、わかった、心配しないで」

胡桃はめぐみの顔をじっと見る。ほんとに大丈夫なの、と問うように。

人間なら躊躇するくらいまっすぐな、迷いのない視線をこちらに向けている。柴犬を思わせる白と茶色の短い毛、洋犬のような長い脚とバナナ型にカーブを描く尻尾。雑種ではあるが、目が大きく、鼻から口のラインもすっきりして、なかなかの美犬だと思う。

「大丈夫、大丈夫、なんとかなるって」

自分に言い聞かせるように気休めを口にしながら、胡桃の背中を優しく撫でる。

そうだ、会社に契約終了を告げられた時も、こんな風に慰めてくれたっけ。

「心配しないで。私がなんとかするから」

ほんとう？と問うように、胡桃は首を傾げる。まるで人間のようなその態度に、めぐみの気持ちは和む。

「大丈夫、胡桃をひとりにはしないよ」

そうしてめぐみはぎゅっと胡桃を抱きしめる。柴犬の血なのか、日頃は人に抱かれるのを好まない胡桃だが、いまはじっと抱かれるままになっている。腕や胸にそのぬくもりがじわりと伝わってくる。

「いい仔だね、胡桃は」

こんなかわいい仔を、どうして捨てることができるだろう。たかが犬なんて、どうして言えるのだろう。こんなに愛しい存在なのに。

だけど、失業に宿無し。

学生時代に借りていた奨学金を返していたから、契約社員の安月給では貯金はとてもできなかった。新しくどこかを借りるとなると、敷金礼金などまとまったお金がいる。引っ越し費用もただじゃない。そのお金をどこで調達すればいいのだろう、と困惑するばかりだ。

就活もまだ始めたばかりで、履歴書を送っては返されることが繰り返されていた。

どうしたらいいんだろう。やっぱり親にお金を借りるしかないのかな。でも、理由を言ったら、親は心配するだろう。まだ失業したことさえ告げていない。心配性の両親は、田舎に帰ってこいって言うかもしれない。それは絶対に嫌だ。

だけど、仕事も決まってないのに、誰かお金を貸してくれるだろうか。

スマホが音を立てた。ＬＩＮＥの電話だ。人と話したくないと思ったけど、発信者の名前を見て気が変わった。学生時代からの親友、山崎倫果《やまざきりんか》だ。

美大の同級生だったが、いまは小さな広告代理店にいる。デザインだけじゃなく、営業やコピーライター的なことまでやらされている。だが、前向きな性格なので、これも勉強だと割り切って忙しい毎日をいきいきと過ごしている。失業してからも連絡を取り、いろいろアドバイスを貰ったりしていた。

いつもメッセージばかりで滅多に電話は掛けてこないのに珍しい。

仕事中の時間なのに、何か急用でもあるのだろうか。

『もしもし、めぐ？』

倫果の声の後ろから、ざわめきと電車の音らしきものが聞こえる。外出先から電話しているのだろう。

「どうしたの、電話なんて」

『急ぎだったから。あ、いま仕事で移動中なの。時間がないから用件だけ言うね。SNSに桐生青《きりゅうあお》の事務所が求人広告出してたよ。めぐ、桐生青のこと、好きだったじゃない？チャンスだから応募してみれば？　アカウントは桐生青本人の名前になっている。あ、ごめん、電車来ちゃった。電話切るね』

用件だけまくしたてると、倫果は唐突に電話を切った。いかにも、せっかちな倫果らしい行動だ。

「桐生青か」

しばらく忘れていたが、なつかしい名前だ。

桐生青は気鋭の装丁家として、業界では有名な存在だ。業界の片隅で細々雑誌のデザインをしていためぐみからすれば雲の上の人だが、同い年だという事で親近感を持っていた。装丁の世界でもやはり男性の活躍が目立つ。桐生青は同世代の女性デザイナーの星なのだ。

めぐみの本棚にも、桐生青がデザインした本はある。たとえば、本棚のいちばん端にある『海の声、鳥の涙』という本がそれだ。

めぐみは棚からその本を取り出した。ブルーのグラデーションの上に、白い独特な書体のタイトルが浮かび上がる。業界では桐生書体とも言われる個性的な文字だ。

まるで海の底から浮かび上がる泡のように儚く、うつくしい。ふつうのマットな紙ではなく、和紙のような独特の質感。それがデザインの陰影を深めていた。最初に書店で見た時、その美しさに見とれてしまった。知らない小説家の作品だったのに、その装丁が欲しくて買ってしまった。いまでもお気に入りの本だ。

その隣にある『いつか、ここを去る日のために』も好きだ。表紙はつるっとしたコート紙に桜の花が細かく一面に描かれている。その上からトレーシングペーパーのカバーが掛かっていたから、霞がかった桜満開の景色を見るようで、素敵だった。ほかにもカバーは真っ黒なのに、カバー裏に廃墟の城の写真をあしらった『恋と冒瀆』とか、文字をバラバラに配置した『孤島の罠』とか、ジャケ買いして本棚にある何冊かは、桐生青の仕事だ。

自分も桐生青みたいな装丁家になりたい。

就職してからは目先の仕事に追われて忘れていたけど、目指したのはそこだった。その人と仕事できるチャンス。そんなことは滅多にない。もしかするとこれは、運命のくれたチャンスなんじゃないだろうか。

めぐみの胸は早鐘のように脈打った。

めぐみはSNSを開いた。桐生青で検索を掛けてみると、すぐに名前が出て来た。

桐生青　ブックデザイナー

プロフィールにはそれしか書かれていない。投稿されているのもふたつだけ。

『SNS始めました』

『一緒に仕事をしてくれる人を募集します。年齢経験不問。興味ある方はメッセージ下さい』

それだけだ。金銭面など条件は書かれていない。

その辺は面談の時に話をする、ということなのかな。SNSに書き込むのもおかしいし。

桐生青がそれまで所属していた田中祥平《たなかしょうへい》事務所から独立したことは、めぐみも知っていた。つい半年ほど前、事務所の所長だった田中祥平が亡くなり、長年田中の片腕として働いていた弟子が事務所を引き継いだ。同時に、事務所のスターであった桐生青も独立したのだ。多くのデザイナーは学校卒業後、数年はどこかの事務所や企業に所属する。そこである程度経験を積んで、技術を習得したら独立する。桐生は既に個人名が売れていたから、独立は当然の成り行きだろう。

彼女ほどの有名人なら、独立してもすぐに仕事がたくさん来る。それで、ひとりではやっていけない、ということなのかな。同じ二七歳でも、私とは全然状況が違う。来る仕事も人気作家の装丁の仕事や広告のポスターみたいに大きな仕事ばかりなんだろうな。私なんかで戦力になるだろうか？

いや、雇ってもらえなくても、会うだけでもいい。昔からあこがれていたデザイナーだ。会って、話がしてみたい。

めぐみは桐生のメッセージを開き、書き込んだ。

『初めまして。お仕事募集の書き込みを見て、メッセージを送らせていただきます。私、赤池めぐみと申します。二七歳で、先月までサガワ出版で社内デザイナーをしていました。こちらに応募したいのですが、具体的にどうしたらよいでしょうか？　履歴書をお送りした方がいいでしょうか？　ご教示いただければと思います。よろしくお願いします』

何度も書き直して、文面を何度も読んでから、「よし」と送信ボタンを押した。その指は少し震えていたかもしれない。

ああ、どうか桐生青の目にとまりますように。

せめて面接だけでも受けられますように。

祈るような気持ちだった。

返事はすぐに来た。

『明日の三時に、事務所に来てください』

えっ、これだけ?

めぐみはすぐに返信した。

『明日、伺います。場所はどちらでしょう? 履歴書もお持ちしましょうか?』

今度はなかなか返信は来なかった。めぐみはスマホの画面を睨んだまま、身動きもできずに待っていたが、二〇分、三〇分と時間が過ぎるばかりだ。そのうち、寝転がっていた胡桃がむくっと起き上がり、めぐみの顔を見ながら伸びを始めた。前脚を長く伸ばし、ぐっと肩を下げる。外に連れて行ってほしいという合図だ。

「待っててもしょうがないね。いつもより早いけど、散歩に行こうか」

いままでは散歩は夜一〇時を過ぎてからにしていた。朝型の大家は、一〇時には電気を消して寝ている。犬がいることを知られないために、それから散歩に出掛けていたのだ。いまはもうバレてしまったから、まだ九時前だけど、もう関係ない。どうせ今月いっぱいで追い出されるのだし。

散歩用のリードや排泄物を入れる袋などを用意しているところに、スマホの着信音がした。待っていた返信だ。めぐみは急いでメッセージを開いた。

「住所は、新宿区百人町《ひゃくにんちょう》○-△-×」

それだけだった。最寄り駅も書いてなければ、駅からの行き方も書かれていない。電話番号もない。それに、履歴書がいるかという問いにも答えがなかった。

これは試されているのかな? これだけでちゃんと時間通りに来いってこと? スマホ

があればたどり着けるとは思うけど。履歴書は一応持って行った方がいいだろうな。

桐生青はちょっと変わっている、という業界の噂があったことを思い出した。

打ち合わせの途中で突拍子のないことを言ったり、急に別の仕事のラフを描きだしたり。

天才だから、発想が飛び過ぎてよくわからない。そんな風に言う人もいた。

たぶん事務処理は苦手なんだろう。きちんとメールで返信するのも面倒がるタイプなのかもしれない。

もし、そんな相手だとしたら、一緒に仕事するのはすごく面倒ではないだろうか。

ふと浮かんだその想いを、めぐみは押し殺した。

どんな相手かは、会ってから見定めればいい。無理だと思ったら、断ればいいし。

足元の胡桃が、めぐみをうながすように「くうん」と鳴いた。

「ごめんごめん。ちょっと待っていてね」

胡桃をなだめると、めぐみはスマホに返信を打ち込んだ。

『ご連絡ありがとうございます。では、明日一五時にこちらに伺います』

それだけ書いて送信すると、めぐみはリードを持った。

「待たせたね。ごめんね」

胡桃は嬉しそうに尻尾を振ると、玄関の方に向かう。めぐみは引かれるように、その後を付いて行った。

2

「来年度の契約は更新できなくなりました」

ついニヶ月前の一月の初めに上司の宇野愛子《うのあいこ》に呼び出され、めぐみはそう告げられた。美大を卒業して五年間、めぐみは社内デザイナーとして出版社で働いていた。契約社員だったが、やりがいはあった。周りはみないい人たちだったし、自分もスタッフの一員として役に立っていると思っていた。

「どうしてですか？　私の仕事、そんなにダメでしたか？」

悲しいというより驚きが上回った。そこで泣きださなかった自分は偉かった、と後でめぐみは思った。

「そういうことじゃないの。あなたは大変よくやってくれていた。でも」

上司であるデザイン室のリーダーの宇野は言葉を切り、ひとつ溜め息を吐いた。

「会社の経営の方の事情でね、うちの部署を閉鎖することになったの」

めぐみが勤めていたのは、実用書系を手掛ける中堅出版社のサガワ出版だった。バブルの頃に出したグルメ雑誌がヒットし、それが会社の看板雑誌となっている。ほかにも健康雑誌やヨガの雑誌など四誌ほど手掛けている。めぐみが雇われたのはそのデザイン部門。中堅出版社にデザイン部門があるのは珍しいが、雑誌をＤＴＰで作っているので、文字組みや直しなど、外注するより社内でやった方が安くて早い、という発想で立ち上げられたものだという。

「デザイン室が廃止ってことなんですか？」

「そういうこと。だから、あなただけじゃなく、新藤《しんどう》さんたちにも辞めてもらうことになりました」

宇野のつらそうな態度は芝居ではない、とめぐみは思う。顔面が引きつって、泣きそうな顔になっている。もともと優しい人なのだ。クビを宣告する立場というより、自分がされたような顔をしている。

「新藤さんたちも、ですか……」

だったら、いちばん下っ端の自分も当然切られるだろう、とめぐみは思った。若いという以外は、先輩たちに勝るところはひとつもないのだから。

スタッフは正社員の宇野以外は契約社員が三人。全員が女性だ。めぐみ以外はキャリア一〇年以上のベテラン。先輩たちにいろいろ教えてもらいながら、最初は文字の修正やデザインの直しなどのオペレーター的な仕事から始めた。それから、チラシや広告、雑誌の連載もののデザイン、特集のデザインと少しずつステップアップして、ようやく単行本のデザインもまかされるようになってきたところだった。

「うちの会社、レストラン経営もやっているのは知ってるでしょ？」

「ええ、もちろん」

バブルの頃、グルメ雑誌を立ち上げて大ヒット、アイデアマンの社長が調子に乗って、雑誌の名前を冠したレストランを作った。雑誌の特集とメニューを連動させたり、著名なグルメ評論家に監修を依頼したことで話題を集め、レストラン業は軌道に乗った。東京、大阪、名古屋、札幌、福岡と全国に店舗を構える有名チェーンになったのだ。

しかし、高級志向のこのレストランは、長引くデフレで徐々に売り上げを落としていった。レストラン経営が危ないらしい、という噂はめぐみも知っていた。

「そちらがどうにもうまくいかなくなって、経営から撤退することになったの。だけど、そっちの借金もあってね、本業の方も事業の縮小を余儀なくされて、それで」

本業の出版部門の方は出版不況にもかかわらず、立て続けに実用書の大きなヒット作に恵まれていた。雑誌も堅実に売り上げを立てていた。本業だけなら、縮小する理由はない。

「契約更新しないとなると、今月いっぱいでクビですか?」

めぐみが聞き返すと、申し訳なさそうに宇野は視線を下に向けた。それが返事だった。

「こんなに急だなんて」

目の前が真っ暗になった。来月から、どうやって生活すればいいのだろう。

「ほんとに申し訳ないです。私も話を聞かされたのが、つい先週のことで」

正社員でさえ知らないくらいだから、ほんとに突然決まったのだ。

私たちの境遇なんてそんなもの。エラい人の胸三寸で、簡単に捨てられる。

めぐみは唇を噛み締めた。

「その、せめてもの誠意として、会社から三ヶ月分にあたる給料を支払うようにしてもらいました。その三ヶ月で、次の職場をみつけてほしい。あなたならまだ若いし、いい転職先がみつかると思う。なんなら私が心当たりに推薦状を書いてあげるわ」

そう宇野が言ってくれるのを、めぐみは他人事のようにぼんやり聞いていた。

次の職場なんてみつかるだろうか。

自分はデザイナーと言っても駆け出し。文字の修正とかデザインの修正みたいな、ほかの人のフォローばかりやってきた。ポートフォリオに自分の作品として並べられるような立派な仕事は、あまり経験がない。

それなのに、年齢はもう二七歳。

デザイナーはセンスで勝負するから、ほんとうに優秀な人間は学生時代に仕事をスタートさせている。デザイン事務所や出版社にコネを作って、仕事を貰うのだ。

社会に出た当初は、三〇歳までにひとかどの人物になりたい、なんて思っていたけど、現実にはまだまだ中途半端だ。自分程度の人間は、デザイナーとも呼べない。特別な才能もないし、コネがあるわけでもない。なのに、雇ってもらえるだろうか。

その途方に暮れた気持ちは、宇野に契約終了を告げられてから、ずっと続いている。電車に乗って、桐生青との面接に向かう今この瞬間にも、自分のふがいなさに落ち込みそうになる。

電車が揺れて隣の女性に肩が当たり「すみません」と謝る。女性はちらりとこちらを見て、何事もなかったように視線を窓の外に戻した。スーツを着て、大きなショルダーバッグを抱えているから、どこかへ仕事のために移動しているのだろう。ほかにも新入社員らしき後輩に営業をレクチャーしている年配の男性がいたり、ドアのすぐ際に立って声を潜めて電話をしているスーツの女性もいる。

この人たちはみんな、どこかの会社に所属して、誰かに必要とされているのだろう。だけど、私はどこにも必要とされていない。この広い東京で、どこにも所属する場所がないんだ。人々の存在がまぶしくて、めぐみは思わず目を伏せた。

これといった取り柄もないし、経験もない。そんな自分を、桐生青みたいな天才が必要としてくれるだろうか。

出かかった溜め息を、めぐみは無理に押し殺した。

『溜め息を吐くとしあわせが逃げる』佐賀にいる祖母の口癖を思い出したのだ。

いやいや、落ち込んではいられない。今日は面接の日だ。気持ちを奮い立たせて、強気で勝負しなきゃ。せめて明るいふりをしなきゃ。

めぐみは口角を上げて笑う練習をした。目の前に座っていた中年女性と目が合った。訝《いぶか》し気にこちらをみつめる女性の視線から逃れるように、めぐみはスマホを出して、画面に視線を向けた。

住所から検索して出て来た桐生青の事務所の最寄り駅は、意外にも新大久保だった。

売れっ子装丁家の事務所だったら、青山とか麻布にあると思っていたのにな。

東京の人は、住んでる場所でその人を判断しがちだ、ということを、めぐみは上京してから知った。どの街に住むかは、どんな建物に住むかより重要なのだ。特に、センスのよさを誇示したがるデザイナーは、こぞっておしゃれな街に事務所を構えたがった。たとえそこが築四〇年の古いアパートだとしても。

新大久保にデザイン事務所があるって珍しい。同じ新宿区でも神楽坂や早稲田ならまだわかるけど。新大久保って言えば、韓国関係のお店とラブホテル街で知られている。山手線沿線だからどこに行くにも便利だけど、おしゃれな街とは違う気がする。

そんなことを考えながら、めぐみは雑踏の中に足を踏み出した。

新大久保駅で降りたのは二回目だった。つい三ヶ月前の会社の忘年会の会場が、新大久保の韓国料理屋だったのだ。

会社の忘年会は嫌だっていう人もいるけど、同じ部署の人たちだけだし、みんな仲がよかったから楽しかったな。ビンゴの景品で二万円の旅行券が当たって、いい年の締めくくりだと思っていたのに。

駅を降りたすぐの道路は、人でいっぱいだ。韓流ドラマが好きな中年女性とK-pop好きの若者たちで賑わっている。通りには、韓国料理や軽食、韓国アイドルのグッズを売る店が並んでいる。店頭で売っているスナックを買って、その場で食べている人もいる。歩道いっぱいに広がって、楽しそうに行き来する人たちの間を縫うようにして、めぐみは脇道に入っていく。山手線の外側を高田馬場方面に歩くと、五分もしないうちに商店は途絶え、一戸建ての住宅が立ち並ぶ住宅街になる。狭い道に沿って、古い一戸建てや二階建てアパートも建っている。狭い敷地の保育園や教会やテニスコートもある。だが、閑静な住宅街というには緑が少なくごちゃごちゃと建て込んでおり、電車や自動車の音が表通りから響いてくる。

「えっと、この辺りだと思うんだけど」

住所から察するに、集合住宅ではなく一戸建てだろう。だが、オフィスらしき建物はない。ふつうの住宅ばかりだ。

スマホを片手に、番地を確かめながら、辺りを歩き回る。五分ほどして、該当する番地を探し当てる。

「えっと、やっぱりここだ」

同じ場所を二度通り過ぎていた。一見そこはふつうの民家だった。敷地は佐賀の実家と同じくらい、一五〇坪はあるだろう。この辺ではかなり広い。おそらく昔はモダンな建物だったのだろう。白いコンクリートの二階建ての母屋と、一階建ての離れからできている。壁が敷地を取り巻いているので、中はうかがい知れない。

表札を探すが、何も出ていない。何度も周囲をぐるぐる回り、番地があっていることを確認した。早く家を出たつもりだったが、約束の時間が迫っている。

ええい、もし間違っていたら、間違っていた時だ。

めぐみはようやく決意して、玄関のチャイムを鳴らした。

すぐに中から鍵を開ける音がして、ドアが開いたと思ったら、足元を何かがすごい勢いで通り過ぎた。

「あ、だめ、出ないで！」

独特のハスキーボイス。テレビで聞いたことがある桐生青の声だ。そして、目の前にある顔も、まぎれもなく桐生青。

「あの、あの、私」

「悪いけど、それ捕まえるの手伝って」

青の視線は走り去った小動物の方を見ている。

猫だ。たぶんあれは……。

青は猫を追って建物の裏手へと走る。めぐみも訳がわからないまま、ハイヒールの足でそれを追いかける。

裏手は五〇坪ほどの広い庭があった。大きな桜の樹が一本あるだけで、あとは膝の高さほどの雑草が生い茂っている。

「ほら、あの辺」

雑草がうごめいている。その間から白と茶色と黒のまだら模様が見える。猫にしては、ちょっと大きめかもしれない。

青は雑草をかき分けて、うごめいている辺りへと近づいていく。青が近づくと、猫は遠ざかるように別方向へと走り出す。青は懸命に近づこうとする。

めぐみは猫の進行方向の先を予測し、そちらへ移動する。猫はめぐみの方へと走って来た。めぐみはためらうことなく手を出した。すると、猫はめぐみの手をシャッと引っ掻いて、逃げ去って行く。

「痛……」

手の甲に鮮やかな一文字。そこから血が滲む。

「待って！」

庭の隅に逃げ込んだ猫の前に、青が立ち塞がる。猫は背中の毛を逆立てて威嚇する。近寄ったら爪を出すぞ、と言ってるようだ。その勢いにのまれて、青は動けない。

「あの、バスタオルか何かありませんか？」

めぐみは青に話し掛けた。

「バスタオル？」

「猫の視界を覆ってしまうんです。そうすれば動けなくなりますから」

「わかった」

青は走って部屋の中まで戻り、すぐに白い厚手のバスタオルを抱えて戻って来た。

「これをどうすればいいの？」

タオルを持って、青が困惑したように突っ立ってる。猫は隅に追い込まれたまま、鋭い目でこちらを睨んでいる。

「貸してください」

めぐみは奪い取るようにしてタオルを持つと、両手で持ってカーテンのように広げた。

「この仔の名前はなんていうんですか？」

「えっと、ミケ」

三毛猫だからミケ。そのまんまだ。

「ミケちゃん、いい仔だね」

そう言いながらめぐみはふわっとタオルを広げて、猫の顔を覆った。タオルをのけようとしてバタバタ暴れている猫を、くるむようにして抱き留めた。

「さあ、このまま部屋に連れて行きます」

腕の中で猫が暴れているのがタオル越しに伝わる。小走りで玄関の方にめぐみが行くと、先回りしていた青がドアを開ける。玄関を入り、靴を脱ごうとするが、たたきらしきものがない。どうしようかと躊躇していたら、青が言う。

「靴は脱がなくて大丈夫」

どうやら洋式の家らしい。入るとすぐの部屋は広く、ソファなどが置いてある。ここがリビングなのだろう。

青は隅にあったケージを運んで来た。

「この中に入れてちょうだい」

「扉を開けてくれませんか？　私、猫を抱えているんで」

「あ、ごめん」

青がケージのドアを開けると、めぐみはタオルごと押し込むように猫を入れ、それからタオルを引っ張って外にだす。猫だけケージに残された。最初はバタバタと暴れていたが、すぐにあきらめたようにおとなしくなり、背中を丸めてちんまりとケージに収まった。

「助かった、ありがとう」

青は感嘆したようにめぐみを見上げた。青は思ったより小柄で、一六三センチのめぐみと比べて一〇センチは低い。

「いえ、すぐに捕まってよかったです」

「この仔、昨日から調子悪いから、獣医のところに連れて行こうとしたんだけど、それを察知して暴れ回って」

そういうことだったのか。だけど、獣医？　いまから？　面接があるのに？

「さっき、引っ掻かれたんじゃない？」

「大丈夫です。これくらい」

「ほんとうに？」

青はそう言って、めぐみの顔をまともに見た。ためらいも恥じらいもなく、ただまっすぐにこちらを見る。まるで胡桃みたいだ、とめぐみは思う。

アーモンド型の大きく、黒目勝ちな瞳。抜けるように白い肌とあいまって、エキゾチックな印象を与える。胸の辺りまである長い髪を束ねもせず、そのまま垂らしている。まるで雑誌のグラビアから抜け出してきたような生き生きとした美貌だ。

めぐみはカッと頭に血が上った。高校時代にあこがれていた気持ちが急に甦って来た。大学受験の時には、彼女のインタビューの切り抜きをお守りのように持っていたのだ。

何か言わなきゃ、と思ったが、言葉が出てこない。

すると青が言った。

「ところで、あなた誰？」

不思議そうにこちらを見る瞳。めぐみは絶句した。

3

「ごめん、あなたが来ること、すっかり忘れていた」

「はあ」

そう言われると、脱力するしかない。めぐみと青はソファに向き合って座っている。

このソファ、イタリア製の有名なやつだ。マレンコだったっけ、とめぐみはひそかに思う。

「でも、出掛ける前に会えてよかった」

「そうですね」

めぐみは気の抜けた返事をした。

連絡したのは昨日だ、忘れるなんてあるんだろうか。こっちは面接が気になって、昨夜はあまり眠れなかったのに。

めぐみが渡した履歴書を、青はちらっとだけ見た。履歴書といっしょに前の会社の上司が書いてくれた推薦書を渡したが、それは開封もしない。

「猫の扱い、慣れているのね」

「そうですね。昔、うちの実家で猫を飼ってたこともありますから。田舎なんで、ネズミを捕らせるためだったんですけど」

なので、猫も放し飼い。勝手に家の外にも出歩いていた。猫エイズのことなんて、考えもしなかった。

「でも、これくらい家が広いと、猫も幸せですね」

めぐみは辺りを見回す。この部屋だけでめぐみが住んでいるアパート一室の倍はあるだろう。ソファのほかにはアンティークのどっしりした飾り棚が置かれているだけだ。広々しているから、猫が暴れ回っても大丈夫だ。

「ここは猫のための家だから」

「はあ？」

「ほかにも三匹いるのよ。みんなもう年寄りだけど。クロとシロとタマ」

部屋に入った時、真っ黒な猫が出て行くのが目の端にちらりと見えた。たぶんそれがクロだろう。それ以外にもまだ二匹いるのか。

「ここ、桐生さんのお住まいなんですか？　仕事場ではなく？」

「両方」

「職住一致、いいですね」

つまり猫のためにこの家を借りたということなのだろう。彼女くらいの売れっ子なら、これくらいの物件を借りるのも難しくないに違いない。

「間取りもちょっと変わってるし、使い勝手は悪いよ。だけど、猫には天国だね。うちの中を暴れ回って、うるさくてしょうがない」

「それはうらやましいです。うちにも犬がいるんですけど、仕事中は部屋にお留守番ですから、ちょっと可哀そうで。……うちのアパート、ひとり暮らし用のワンルームだし、うちの仔は中型犬だから、ずっと部屋にいるのは窮屈だろうと思います」

「ああ、そうなんだ」

「でもまあ、これ以上うちで飼うのは無理なので、どっちにしても手放すことになりそうなんですが」

「どういうこと？」

「ほんとはうちのアパート、ペット禁止なんです。だけど、捨て犬を拾ってしまって、飼い主がみつかるまで預かるつもりだったんです。でも、大家さんにバレてしまって、犬を手放すか、引っ越すかしてほしいって言われてしまいました。引っ越し代はないから、犬をどうにかするしかないのかな、って」

「どうするつもり？　保健所に連れて行くの？」

「できればそうはしたくないんですけど……。家族には頼めないし、引き取ってくれる友だちもいないから、最悪そうしないといけなくなるかもしれません」

つい最近の電話で、父親が最近ぎっくり腰を患ったと聞いた。それで、母ひとりで畑仕事をしている。サラリーマンとの兼業農家だから大した広さではないが、ひとりで世話するのはなかなかの負担だ。とても犬を頼める状況ではない。

「家族には頼めないんだ」

青はなぜか嬉しそうな顔をした。そして、勢い込んで言う。

「保健所に連れて行くなんて、絶対ダメ。だったら、うちに連れてきたらいいじゃない」

「ここに？　うちの犬を引き取ってくださるってことですか？」

一瞬、訳がわからず、めぐみは聞き返した。

「そうじゃない。私は犬の面倒までとてもみられない。猫だって四匹もいるから面倒見切れないのに」

「じゃあ、どういうことでしょうか？」

「犬と一緒にあなたもここに引っ越してくればいい」

「はあ？」

「ここ広いから部屋が余ってる。だから、適当に使えばいい。そうだ、離れならちょうどいいよ。中型犬がいても、十分広く使える」

「……えっと、それって住み込みで働くってことですか？」

めぐみには、まだ話がちゃんと理解できていない。

「住み込み？　そういうつもりではないけど。ふつうに、家を貸すっていうこと」

「というか、そもそも私、採用なんですか？」

「もちろん。採用決定！」

それ、聞いてないよ。めぐみはこころの中でツッコミを入れる。

「では、仕事も下さって、部屋も貸してくださるってことなんですね。ほんとうに？」

「そういうことになるのかな。そう言われると、すごい篤志家みたいだけど、そういうんじゃないし。犬が可哀そうでしょ。社宅だと思えばいいんじゃない？」

犬が飼える社宅。そんなうまい話があるだろうか。ふつうのアパートでさえ、ペット禁止の物件が多いのに。

「それで……お家賃はどれくらいなんでしょう？」

「家賃？　考えていなかったな」

青はこめかみの辺りをぽりぽり掻いた。

「うーん、別にいいよ、どうせ部屋は余っているんだし、ふつうの住居というのとはちょっと違うから」

「そういうわけにはいきません。ちゃんとお支払いしないと」

「いま住んでいるところはいくら？」

「四万八〇〇〇円です」

東京のワンルームとしては格安だ。場所が二三区ではなく郊外、私鉄の駅から一五分歩くうえに築二五年以上、部屋は大家の自宅の上にあるということで割安になっている。

「じゃあ、それでいいや」

「敷金とか礼金は？」

「いいよ、そんなもの。家賃で儲けるつもりはないし。でも、すっごく汚れているから、それを掃除してもらうのが敷金の代わりってことで」

なんとも太っ腹な答えだ。新大久保駅から徒歩十分以内でこの値段は、ちょっとない物件だろう。

「だ、だけどお給料の方はおいくらになるのでしょうか？　そちらを伺わないと」

仕事の条件についてはまったく聞いてなかった。そっちを先に聞くべきなのに。急展開で、さすがに動揺している。

「あー、それも決めなきゃ。前の会社ではいくらくらい貰っていたの？」

めぐみが正直に金額を言う。契約社員の金額は、それほど多くはない。

「じゃあ、これくらいでどう？　健康保険とかはつけられないから、その分上乗せと言うことで」

さらに五万円上乗せした金額を提示された。前の会社でも保険などは自腹だった。なので、五万分給料アップに等しい。これなら、いままでよりゆとりのある暮らしができる。

しかも、雇い主は桐生青なのだ。あこがれのデザイナーなのだ。その下で働けるという
だけで、天にも昇る気持ちなのに。

「どう？　足りない？」

「いいえ、十分です。ありがとうございます！」

いいことだらけで、現実とは思えない。まさか、夢じゃないよね。

青に見えないように、こっそり手の甲をつねった。つねった痛みに、猫に引っ掻かれた
傷の痛みが鈍く重なる。

「それで、就業時間とか休日はどうなるのでしょう？」

「ふつうに八時間勤務、土日休みでいいんじゃないの？　仕事が忙しい時は休めないかも
しれないけど、その分はどこかで代休取ってもらえばいいし。あと、夏休みと正月休みも
当然必要だね。もといた会社の基準を教えてくれれば、それと同じにするよ。それでいい
かな？」

「はい、もちろんです」

思わず青に向かって最敬礼する。

こんな、ラッキーなことがあっていいのだろうか。

胡桃のおかげかな？　桐生さん、動物好きみたいだし。

「じゃあ、さっそく引っ越しておいでよ」

青にそう言われると、急に不安がこみあげて来た。

ほんとにいいのだろうか、そんなに簡単に決めてしまって。

就職は嬉しいけど、家まで一緒だなんて。仕事関係の人と同じ敷地で暮らしてうまくいかなかったら、逃げ場がない。仕事も家も失うかもしれない。

冷静に考えると、家だけでも分けておいた方が無難かもしれない。

「えっと、それでその部屋というのは、どんな部屋でしょうか？　ありがたいお話ですけど、お部屋を見ないとなんとも」

「ああ、それはそうだね。じゃあ、行ってみる？」


案内されたのは、母屋の隣にある離れだった。専用の出入り口の鍵を開けると、やはりそこも土足で入る洋式の作りだった。胡桃にはかえって好都合だ。

「ここ、もう長いこと使ってないから、埃だらけだけどね」

入った瞬間、思ったのは「明るい」という事だ。天井が吹き抜けのように高く、天井と壁の境の部分に、高さ三〇センチほどの窓が、ぐるりと部屋全体を取り巻くように作られている。明かり取りのための窓だ。そこから光が降り注いでいる。さらに、壁の下の方、東側と北側にも窓があるが、カーテンも掛かっていない。漆喰の壁の白さが、光の明るさを際立たせている。

ここは採光を重視した注文建築だ。ふつうの住居とは違う。

部屋にはまだソファなどの家具が残っており、壁沿いに段ボールやイーゼルのようなものが残っている。さらに、部屋のあちこちに白いシーツで覆われた、めぐみの身長ほどあるような塊が三、四個ある。しばらく使ってなかったのか、埃っぽく、鼻がムズムズする。だが、埃っぽさだけでなく、かすかに嗅ぎなれた油絵具のような匂いがする。

「ここって、もしかして……アトリエですか？」

ふと思いついて、めぐみは聞いてみた。昔通っていた美術予備校や大学のアトリエもこんな感じだった。光が部屋全体に、均一に降り注ぐように設計されていた。

「うん、まあ、そうみたいだね。だから、あまり住居には向いてないかもしれない。だけど、お金が貯まるまでの一時しのぎと思えば、悪くないんじゃない？」

「ええ、そうですね」

とはいうものの、天井の梁に沿って取り付けられたおびただしい数の蛍光灯に、めぐみは内心引いていた。

夜も昼と同じような光で作業するために、わざと天井高くに灯りを取り付けたのだ。電気代がいくら掛かるんだろう。ここに引っ越したら、夜は手元だけ照らすフロアライトで生活した方がよさそうだな。

「何より広いのは助かります」

一人暮らしには広すぎるスペースだ。母屋のリビングより広いくらいだ。中型犬の一匹くらい、楽に歩き回れる。

だけど、生活するのには適しているだろうか。広すぎると落ち着かないし、これだけ窓があると、朝はまぶしいだろう。アイマスクでもしないとダメかもしれない。

「これは？」

めぐみが布に覆われた塊を指して尋ねると、青が布を引っ張った。視界が白くなるほどの埃の乱舞の間から現れたのは、大きな木材だった。途中まで彫ったような痕がある。

「これは、彫刻？　もしかして彫刻家のアトリエ？　有名な方だったんでしょうか？」

こんな都心に、これだけのアトリエを持てるという事は、有名な彫刻家だったのだろう。元美大生としては、聞かずにはいられない。だが、青は素っ気ない。

「そうみたいね。でも、残ってるのはただのガラクタ。ちゃんとした作品はないはずだから、残りはみんな捨ててもいいよ」

「はあ」

青は誰のアトリエかには、まったく興味がないらしい。あまりに愛想のない声だったので、めぐみもそれ以上は尋ねられなかった。

「部屋の隅にもいろいろガラクタがあるから、全部捨てて。そうしたら、結構広く使えると思う。えっと、水道は通っているし、そこにコンロがあるから、ちょっとしたものは作れるね」

玄関口の横に、一口のガスコンロがあるシステムキッチンが作りつけてある。調理台のスペースも狭く、あまり料理をするためのものではなかったらしい。おそらくお湯を沸かすくらいにしか使われなかったのだろう。

これだけスペースがあるなら、もっと広いキッチンにしてくれればよかったのに。休日に料理をするのは、絶好のストレス解消になるのに。

その横にドアがあり、トイレと浴室と洗面所が一緒になった、こぢんまりとしたバスルームがあった。部屋の規模からすれば小さいが、いま住んでいるワンルームに比べれば、ゆったりしている。

「部屋はここだけだけど、奥には物入れがあるから、そこにものが置けるよ。クローゼット替わりに使えるんじゃない？」

西側の扉の向こうには、さらに六畳ほどの細長いスペースがあった。ここは窓が無く、梁がむき出しになっていて、空調設備が備え付けてある。たぶん、完成した作品を入れておく倉庫だったのだろう。いまは何も置かれていない。

「クローゼットにはもったいないスペースですね」

そうだ、ここを寝室にすればいい。

めぐみの頭にふとアイデアが閃いた。

朝のアトリエはきっと明るすぎる。ここなら朝でもまぶしくないし、玄関を開けてもベッドが丸見えにならずに済む。私も胡桃も落ち着いて休める。それに、ここなら天井も低いし、自力で照明を取り付けられる。

うん、だったら大丈夫だ。

めぐみの頭に、自分と胡桃がこの部屋でくつろいでいる映像が浮かんだ。変わった作りの部屋だけど、工夫すれば楽しく住めそうだ。

「いろいろ片付けなきゃいけないけど、掃除をすればちゃんと使えるよ。すっごく大変だけど、敷金礼金の分、片付けと掃除はそっちでお願い」

「わかりました。よろしくお願いします」

ここに住むことが決定事項になった。つい三〇分前には考えてもみなかったことだ。人生って、一寸先は闇というけど、一寸先が光ってこともあるんだな。

「採用は四月一日からだけど、引っ越しは明日でも大丈夫だよ。こっちの鍵を渡すから、好きな時に来て」

「ありがとうございます！」

めぐみは小学生のように元気に返事をした。めぐみが受け取ったのは、金色で昔ながらの鍵の形をした、おもちゃみたいな鍵だった。


「ほんとにそれでいいの？」

倫果の前にはスパゲティボンゴレの皿がある。食べながらめぐみの話を聞いていたが、桐生青に家を借りる、というところにきて、ふいにそう言った。

「うん、まあ、なんとかなるかと思って」

それは目の前の倫果ではなく、自分自身に言い聞かせている。めぐみの前にあるのはグラタンの皿だ。就職が決まった報告をするために、仕事終わりの倫果を安いイタリアンに呼び出したのだ。

「だけど、仕事も家も相手まかせなんて、リスクが大きすぎない？　もし、仕事がうまくいかなかったら、家も失うことになるよ。家くらいは自分で探した方がいいんじゃない？」

倫果の懸念はもっともだ。立場が逆だったら、自分もそう言うだろう。

「実際のところ、ほかに選びようもなかったの。ほかの会社にも書類出したりしているけど、面接は来週以降だし、それから採用が決まるまでまだ時間は掛かる。だけど、今月中にはいまのアパートを出て行けって言われているから、仕事が決まる前に引っ越しするのは難しいと思うし」

賃貸契約をするのにも、現在の仕事状況を問われる。無職で財産もない人間が、新しく物件を借りるのは難しいだろう。

「それはそうだけど……犬の件はこの際、あきらめるとかはできないの？」

倫果は手に持っていたスプーンとフォークを置いた。皿にはまだパスタが半分ほど残っている。

「あきらめる？」

「犬を手放せば、いまのアパートにいられるんでしょ？　我々くらいの収入で犬を飼うのは贅沢だよ。いろいろと経費が掛かるし」

現実的には倫果の言う通りだ。自分の日々の生活だけでもゆとりがないのに、犬まで飼うとさらに経済状況は苦しくなる。

「だけど情が移っちゃったからね。貰い手が無くてあの仔が保健所で処分されるようなことになったら、私一生後悔すると思う。自分で助けられるなら、助けてあげたい」

幸い給料も上がる。いまはスーパーに売っているいちばん安いドッグフードをあげているが、これからはもうちょっとよいものに替えられるだろう。

「気持ちはわかるけどさ。たとえば、ちゃんと家が決まるまで、親に預かってもらうとか」

「それも考えたけど、うちの父が最近腰を痛めちゃって、しばらくは犬の散歩どころじゃないのよ。元気だったら、引き受けてくれたと思うけど」

「犬のための就職か。それでうまくいけば、お犬様々だけどね」

茶化すように倫果が言う。彼女らしくない。

「胡桃のためだけじゃないよ。桐生青と仕事できるのは何より嬉しいんだ。ずっとあこがれていた装丁家だし」

「それはわかるよ。我々世代のホープだもんね」

軽く流されて、めぐみはついむっときた。

「それだけじゃない、ほんとのところ桐生青がいたから、私は東京に出て来たんだ」

「どういうこと？」

「ミーハーと思われるのが嫌でいままで黙っていたけど、実際そうなんだよ。高校二年の春休み、うちでテレビを観ていたら、桐生青が映ったんだ」

その時のことを、めぐみはいまでも覚えている。

——才色兼備か。自分と同じ年なのに、凄い子もいるんだな。

あの日朝食を食べながら、点けっぱなしになっていたテレビのワイドショーをぼんやり眺めていた。テレビでは『美しすぎる女子高生デザイナー』として桐生青を持ち上げていた。自分には関係ない話、と思っていた。だが次の瞬間、青のコメントを聞いて、雷に打たれたような衝撃を覚えたのだ。

『最初は趣味でレタリングをしていました。それが溜まっていくと、自分の作品がプロから見てどういう評価をされるのか、知りたくなったんです。学校に行く途中にデザイン事務所があったので、思い切ってスケッチブックを持って訪ねてみました』

それが田中祥平事務所だった。田舎の高校生だっためぐみでも、そのデザイナーの名前は知っていた。それがきっかけで、桐生青は装丁の仕事を始めることになったのだ。

学校の近くに有名な装丁家の事務所がある。東京に住んでいれば、気軽に装丁家に作品を見てもらうこともできるんだ。

それまでぼんやりと「本をデザインする人になれたら」と夢見ていたことが、この時はっきりと目標に変わった。

東京の美術大学に行って、装丁家になる。佐賀の田舎に住んでいたら、装丁家に会うことさえかなわない。東京じゃないと装丁の仕事はない。ここにいたらチャンスも摑めない。

それで一念発起した。それまでは親に勧められるまま地元の国立大に行こうと思っていた。教育学部の美術科を出て教師になれば、好きな美術と関わりを持っていられる、と親は言うのだ。それが地に足の着いた生き方だろう、とめぐみ自身も思っていた。だが、そのインタビューを観たことがきっかけで、東京の美大に志望を変えた。

親は猛反対した。九州を出て、遠い東京に娘を行かせるなど、考えてもいなかったのだ。だけど、夢をかなえたいと言って説得した。

「絶対、有名な装丁家になるから」

そう豪語したものの、学生時代は仕送りだけでは足らず、バイトを掛け持ちしていたので、夢を追うどころではなかった。それでも契約社員とはいえ出版社に雇われて、本のデザインに関わる仕事に就けた自分は、すごくラッキーだった、と思う。

やっぱり東京に出て来てよかった。地元にいたらデザイナーの仕事なんてほとんどない。東京に出て来た甲斐はあった。いまでもそう思っている。

「桐生青は私にとって恩人。夢を与えてくれた人なの。その人と仕事ができるっていうのは、きっと縁があったんだと思う。正直不安がない訳じゃない。使えないやつと思われて、すぐクビになるかもしれない。家も追い出されるかもしれない。だけど、どこまでやれるか挑戦はしてみたい。不安を感じる以上に、わくわくしているんだ」

めぐみの言葉を聞いて、倫果はにっこり笑った。

「そう、それなら大丈夫だね」

「えっ、どういうこと？」

「正直、めぐは考え無しに行動するところがあるからさ。ちょっと揺さぶってみたんだ。よく言えばスタンスが軽い、悪く言えばおっちょこちょい。行動してから後悔してることもよくあるから、今回はどうなのかな、と疑ったの」

「おっちょこちょいって、私、そんなふうに見える？」

むしろ優柔不断で、なかなか決められないタイプだと自分では思っている。

「だって、後先考えずに犬を拾うってことがそうでしょう？ ペット禁止のアパートで飼うっていうのも、ふつうに考えればどうかと思う。だけど、めぐは犬が可哀そうと思ったら、躊躇せず行動に移す。そういうところはかなわない、と思うんだ」

「かなわない？」

意外な言葉だった。学生時代からしっかり者の倫果に助けられることが多かったから、倫果にはかなわない、とめぐみの方が思っていたのだ。

「今回だってね、ほんとは自分でも応募したかったんだよ。でも、立ち上げたばかりの個人事務所だから先行きどうなるかわからないし、いまの職場の待遇はそんなに悪くないから、そこを捨ててまで移りたいかって言われると、立ち止まってしまう。常識が邪魔するんだ」

確かにそうかもしれない。自分が倫果の立場なら、転職しようとは思わないだろう。倫果は正社員だし、やりがいもあるし、ちゃんとボーナスも貰える会社なのだ。

倫果のことが、ずっとうらやましかったのは自分の方だ。中堅の出版社に所属しているとはいえ、自分は契約社員だったから。

「私、ずるいんだ。自分では勤める気がないのにめぐには勧める。うらやましいなら、自分で応募すればいいのにね」

「ううん、そんなことない。倫果が応募する気になれないのは当然だよ。誰だって安定した場所を離れたくないもの。私だってこんな切羽詰まった状況じゃなければ、興味はあっても応募しなかったと思う」

契約社員という立場は、時として卑屈な想いを抱かせる。ちゃんと社会に認められていない気がする。正社員と同じ仕事をしていても、自分が一段劣る存在に思えて引け目を感じるのだ。自分の勝手な思い込みかもしれないけど。

「なにもかもこれからの事務所だもの。どうなるかなんて想像つかないし、待遇だってアルバイトとそんなに変わらないし」

「だからいいんでしょ。伸びしろはいくらでもあるから」

「伸びしろ?」

「出来上がった場所には入り込む余地は少ないけど、新しいところ、ふたりしかいないところなら、めぐの力が発揮できるし」

「そうだね。いろんな人がいると、その分気も遣わなきゃいけないし。桐生さんとだけ上手くやれればいいというのは、考えようによっては楽かもね。自分たちでやり方を作っていけるわけだし」

「そう。会社の人間関係が悪いと、それだけで消耗するからね。人数が少ない分、仕事そのものに集中できるかもよ。人数が多いと、新しいことをやろうとしても必ず文句を言うやつがいるし」

倫果の会社も、保守的でやりにくい人間がいるらしい。めぐみはよくその愚痴を聞かされていた。

「どこに就職しても、すべて満足いく場所なんてなかなかないよね。せっかく新しい仕事が始まるんだもの。やれるだけ頑張るよ」

めぐみは自分の中の不安を抑え込むように、明るく言った。

「そう、その意気。じゃあ、今日は乾杯しよう。めぐみの就職祝いだから、追加でワインのボトルを頼んじゃおうか？　ここは私がおごるよ」

「え、いいの？　やった！　スパークリングワインでいいかな？」

「いいよ、好きなの頼んで。そのかわり、いつか出世払いで返してね」

「もちろん」

ふたりは声を立てて笑った。ちょっとだけ重くなった空気を振り払うかのように。

「じゃあ、今日は飲もう。乾杯」

手元のグラスを倫果が掲げる。中には飲みかけの白ワインが半分残っている。

「乾杯！」

めぐみも、ほとんど空になり掛けたグラスを掲げ、倫果のグラスに軽くあてた。グラスはチンと軽い音がした。

4

出勤一日目の朝が来た。それまではめまぐるしい日々だった。学生時代の友達に手伝ってもらってアトリエから大量の荷物を運び出し、掃除して自分の荷物を設置した。役所に転居届を出したり、友人知人に転居通知を送ったり、胡桃を動物病院に連れて行ってワクチン接種をしたり、とやることは山積みで、あっという間に三月は終わった。桐生青とは引っ越しが終わった後、挨拶に行って顔を合わせたきり、まったく会っていない。

着るものをどうしようかと迷ったが、一日目なのでスーツを着ることにした。リクルートタイプのかっちりしたものではなく、外部との打ち合わせによく使っていたノーカラーでベージュのソフトなタイプのものだ。インナーは白のカットソー。堅苦しくなり過ぎず、そこそこちゃんとして見える。

少し緊張しながら、玄関の扉をノックした。内側から返事はない。

もう一度、ノックしたが、やはり返事はない。旧式のドアノブを回すと、幸い鍵は掛かっておらず、簡単に開いた。

　玄関から続くリビングに入ると、そこに青はいた。三人掛けのソファのひじ掛けのところから前に倒れ込むように横たわっている。膝から下の足は、ひじ掛けからはみ出ている。長い髪が乱れて、顔を隠している。一瞬マネキンが置かれているかと思ったくらい、身体は硬直したようにまっすぐで、不自然な倒れ方だ。

「大丈夫ですか？」

　すぐに駆け寄って、青の肩に手を置いて揺する。眉間に皺が寄るくらいしっかり目をつぶっていた青が、ゆっくり目を開く。

「ん？　ああ……赤ちゃんか」

「赤ちゃん？」

　なんのことかわからず、めぐみは辺りを見回す。赤ん坊なんていたっけ？

「赤池だから赤ちゃん」

　えっ、私のこと？　青はまた目を閉じたまま言う。

「私が青だから、ちょうどいい」

　まさか、それが私の呼び名？　ちょっと嫌なんですけど。

「あの、ここで何をされていたんですか？」

「ソファでちょっと休もうと思ったんだけど……いま、何時？」

「一〇時です」

正確には九時五五分。始業時間より五分くらい早めに来ている。

「あー、眠っちゃってた。起こしてくれて、ありがと」

青はゆっくり立ち上がろうとする。すぐにふらっとして前に倒れそうになるところを、めぐみが慌てて支えた。

「大丈夫ですか？　ちゃんとベッドで休まれた方がいいんじゃないですか？」

「平気平気。四八時間ぶっ通しで起きているから、ちょっとつらいだけ」

「あの、何かお手伝いすることありますか？」

「そこに座って、電話が来たら受けてくれる？　編集部から催促が来るはずなんで」

青が指さしたのは、部屋の隅にある電話機だった。ちょこんと電話台の上に載っている。

「それで、電話掛かってきたら、なんと言えばいいんですか？」

「桐生はただいま仕事に掛かっています、今日中にはなんとかなるはずです、とでも言っておいて。あ、それから猫に餌と水をあげておいて。キッチンにキャットフードが置いてあるから」

それだけ言い残すと、そのままふらふらと部屋を出て行った。ぽつんと取り残されためぐみは、途方に暮れる。

電話番と猫の餌やりだけ？　ほかに何もしなくていいのかな？　初日だから、こんなものなのかしら？

前の会社に入った時は、先輩のひとりが初日から付いて、いろいろ教えてくれた。会社の就業規則、仕事のやり方、ものの置き場所、それに他部署に連れて行って、みんなに紹介もしてくれたっけ。その時、新しい仲間と言われたのが、嬉しかったな。

前の職場の温かい人間関係を思い出して、なつかしさに胸がうずく。それを振り切るように、自分に言い聞かせる。

ほかに人がいない個人事務所だから、そこまでは期待したらダメ。桐生さんも追い込みで忙しいから、私にかまってる暇はないだろうし。

何かやることと、ないかなと、あたりを見回すと、部屋の隅にうっすら埃が溜まっていることに気がついた。猫の毛もあちこちに散らばっている。忙しくてろくに掃除をする暇もないのだろう。

ぼおっとしてるくらいなら、掃除をしよう。

めぐみは奥へ続くドアを開けた。廊下があり、いくつかドアが並んでいる。奥の突き当りが青のいる部屋だろうと見当をつけ、それ以外のドアを開けてみた。

広いダイニングキッチン、トイレ兼バスルーム、洗面所、それに押し入れのようにものでふさがれた部屋と家事室らしき場所もあった。そこに雑巾やバケツ、掃除機もみつけた。

掃除機は大きくて重たく、スイッチを入れると大きな音がしたが、吸い取る力はなかなかのものだ。それを使ってリビングを掃除していると、すぐに電話の音がけたたましく鳴った。

「はい……桐生青事務所です」

なんと名乗ればよいのかわからないので、そう言って電話に出た。

「あれ、桐生さんじゃないね」

「はい」

「僕、講話《こうわ》出版の高杉《たかすぎ》です。そちらは？」

「今日からこちらで働くことになりました赤池です」

「ああ、そう。桐生さんの助手なんですね。だったらいいや。うちの仕事はどうなっているか知ってますか？」

「今日中には、なんとか終わらせるという話です」

めぐみは青に聞いた通りに答える。

「ほんとうかな。カバー、そろそろ入れてくれないとやばいのでよろしく、と伝えてください」

「かしこまりました。伝えておきます」

そう言って電話を置いた直後、また次の電話が掛かってきた。電話に出ると、今度は中《ちゅう》学館《がくかん》と名乗る版元だった。さっきと同じようなやり取りの後、同じことを聞かれた。

「うちの仕事の進行状況はいかがでしょうか？」

めぐみはここでハッと気がついた。さっきの講話出版もこちらの中学館の仕事も、おそらくどちらもできていないのだ。

「一応、本日中に上がるようにと頑張っています」

「本日、何時頃でしょうか？　アップ次第印刷所に入れないといけないので、ずっとお待ちしているんですが」

相手の声は切羽詰まっている。とっくに締め切りは過ぎているのだろう。

「えっと、こちらで確認して折り返します。連絡先を教えていただけますか？」

めぐみは相手の名前と電話番号をメモすると、電話をいったん切り、青のいると思われる部屋に向かった。

一度ノックする。が、返事はない。もう一度、大きな音でノックすると「はい」と、返事があった。

中に入る。ぱっと目に入ったのは大きなベッド。一瞬部屋を間違えたかと思ったが、左手の窓際に大きな机とその上にデスクトップパソコンがあり、こちらに背を向けて青が作業しているのが見えた。どうやらここは青の寝室兼作業スペースらしい。

「あの、お忙しいところ、すみません。中学館の方から進行状況を教えてほしいと言われたんですが」

「中学館って、どれだっけ？」

青が前を向いたまま言う。そう言われても、めぐみには答えようがない。

「えっと、いまいくつ作業されているんですか？」

「四つくらいかな。あー、中学館ってこれか」

目の前のパソコン上のファイルを開いて、青が確認する。

「あとちょっとでできるんだけど」

「何が滞っているんですか？」

「うーん、キャッチの文章を流し込んだんだけど、ちょっとはみ出してね。それを整えればいいんだけど」

「それくらいなら、私にやらせてもらえませんか？」

「できるの？」

「それくらいなら、たぶん。とりあえずやってみましょうか？」

と言ったところで、めぐみははた、と気が付いた。自分が作業できるスペースがどこにもない。

「あの、私の机……パソコンはどこでしょうか？」

「えっ？」

青は予想外のことを言われた、という顔をしている。

「私はどこで作業すればいいんでしょう？」

「ああ、そうか。それ、忘れてた。やっぱりパソコンあった方が、何かと便利だよね」

めぐみは思わず脱力した。ひとが一人増えるのに、青は設備のことなど何も考えていなかったのだ。

「どうすればいいんでしょう？」

「どこか行って、買ってきてくれない？　支払いはこちらでやるから」

青はめんどくさそうに言うが、そこで引っ込むわけにはいかない。自分の仕事環境の問題なのだ。

「えっと、それはどこに置くんでしょう？」

「そっちのリビングの方かな、やっぱり」

「じゃあ、あっちの部屋を仕事場にするということなんでしょうか？」

「う、うん」

「じゃあ、いずれは桐生さんの机もそっちに持って行くんですね？」

「ん？　そっちの方がいいのかな？」

「一緒に仕事させていただくんだったら、そっちの方がいいと思います」

リビングは広いから、ソファを隅に移動して、少し片づければ十分仕事場にできるだろう。

「じゃあ、もうひとつ、あなたのと同じ机を買っておいて。そっちに置くから。必要なものは何でも買って。領収書を貰えば、あとで払うから」

どうやらものやお金に対するこだわりはあまりなさそうだ。それはそれで助かる。あまりお金に細かい上司だと、やりにくい。

「わかりました。あ、それで中学館の方、どうしましょう？」

「それ、急ぎなのかな？」

「そうみたいです。アップ次第印刷所に入れるって言ってましたから」

青は切羽詰まっていて、優先順位がわからなくなっているのだろう。

「じゃあ、そっち先にやるわ」

「夕方までに送れると先方に伝えていいでしょうか？」

「夕方って、あとどれくらい？」

「えっと、いま一一時前だから、あと五時間くらいでしょうか」

「ああ、それなら大丈夫。寝落ちしなければ」

ほっとしたように青が言う。

「寝落ちって……。ダメですよ。あとでまた見に来ますから、とりあえず先方にはそう伝えておきますね」

後ろ手でドアを閉めながら、おかしなことになった、とめぐみは思った。

桐生青という人には、計画性というものがないらしい。人ひとり雇うのであれば、場所とか機材のことを考えるのは当然だと思うが、まるで頭になかったようだ。

こんないい加減な人と、ちゃんとやっていけるのかしら。

ふと浮かんだ疑問を、頭を振って追い出した。

とりあえず、目の前のことをちゃんとやるだけ。まずは掃除の続き、それからネットで事務用品を探してみなきゃ。

そうしてめぐみは掃除の続きに戻って行った。

それから一週間ほどは、仕事らしい仕事はできなかった。自分のノートパソコンを持ち込み、リビングを事務所に変更するためのプランを考え、簡単な家具の配置図を作った。さらに購入すべき家具やパソコンをチェックし、見積もりを作った。青にプレゼンをするための資料作りだ。会社員時代に何か購入したいものがあった時は、課長がそんな風にして総務に申請していたので、同じようにやろうと思ったのだ。

部屋をパーテーションで仕切る。入口に近い側にソファを移動し、そこを打ち合わせスペースにする。奥側が仕事スペースで、自分と青の机を壁に沿って並べ、その手前に大きな作業机をひとつ置く。資料を入れるための本棚も買おう。

新しい事務所だからいろいろ大変だろうとは思っていたけど、まさか、仕事場の環境作りからやることになるとは思わなかった。

だが、そうした作業はめぐみには苦にはならなかった。ひとつひとつの物事をきちんとするのは好きだし、インテリアを考えるのは楽しかった。予算が決まっていないのは不安だったが、中古の事務用品のサイトをみつけて家具を選んだので、費用も安く抑えられているはずだ。

完成した申請書を持ってドアをノックする。

返事がないので、めぐみはそっとドアを開いた。返事がない時は、ノックの音も聞こえないほど集中しているか、寝ているかのどちらかだ。集中している時はそっとドアを閉めるし、寝ていた場合は背中を揺すって起こす。

その日は、机に突っ伏している背中が見えた。束ねていない長い髪が背中で波打っていた。

近寄って肩に手を掛けた。するとちょっと上がって「起きてるよ」と、青が小さな声で言う。

「ああ、すみません。実は見積もりができたのでお見せしたくて」

青がかすれたような声で何か言った。

「なんですか？」

めぐみは耳を近寄せた。蚊の鳴くような声で青が言う。

「お腹空いた……動けない」

「はあ？」

「悪いけど、何か食べるもの買って来てくれるかな。大通りに出れば、なんか売っている……カップ麺にはもう飽きた」

「ちょっと待っててください」

めぐみはダイニングキッチンに向かった。家の北側にあるその場所は広く、設備も充実していた。オーブンも食器洗浄機も作り付けで、業務用かと思うような外国製の立派な冷蔵庫もあった。開けてみると、中にあるのは水の入ったボトルが数本と栄養ドリンク、干からびた団子のようなもの。カチカチになったチーズの塊。

棚には食器とお茶ばかりで、食料品はない。部屋の隅に段ボール箱が三つほど開いている。それぞれ違う種類のカップ麺が入っている。

これじゃダメだ。こんな立派なキッチンなら、楽しく料理もできそうなのに。

めぐみは急いで離れのアトリエに戻った。不意の帰宅にはしゃぐ胡桃をなだめつつ、狭いキッチンで、自分の材料を使って手早く焼きそばを作った。ものの十分ほどで完成させると、お盆に載せ、急いで青の部屋に戻る。

「これ、どうぞ」

倒れ伏している青の顔の横に、焼きそばのお盆をつきつける。匂いにつられたように、青は起き上がった。

「焼きそば……これ、どうしたの？」

「私が作りました。うちに材料があったので」

「ありがと。ごめんね。そんなことまでやってもらって」

口では遠慮しつつ、青は両手を伸ばしてすぐに皿を受け取った。そのままかき込むようにして一心不乱に焼きそばを食べる。

ふとめぐみは青の手を見る。余計な肉がほとんどない。いままでは形のよさに見惚れてしまって気づかなかったが、きゃしゃな肩も薄い身体も健康的とは言い難い。青白いほど白い肌は、もしかしたら貧血なのかもしれない。

青は一気に焼きそばを食べると、満足したように箸を置いた。

「ああ、おいしかった」

声がいつもの大きさに戻っている。

「昔作ってもらった味と同じだった」

今日の味つけは麺についていたソースをそのまま使った。だから、取り立てて特徴があるわけではないし、作り手の上手下手は関係ない。めぐみがやった工夫は、野菜と肉を普段より多めに入れたくらいだ。

「あの、いままでお昼はどうされていたんですか?」

ここで仕事を始めてから、めぐみは一三時から一時間お昼休憩を取り、自宅に戻って自炊していた。職住近接なので便利だ。胡桃も、めぐみが帰ってくる時間を覚えて、心待ちにしている。

「気が向いたら、カップ麺とか食べるけど」

「夜は?」

「適当。時間があれば外食する」

ちょっと歩けば、この辺には韓国料理の店やエスニック料理の店があふれている。外食には不自由しない町だ。

「それで、ここ数日は何を食べてました?」

「時間がないのでカップ麺。五日連続だったので、さすがに飽きた」

「三食それですか?」

「三食? うんまあ、お腹が空いたら食べていたから、回数はわからないけど」

「それはまずいですよ。ちゃんと三食ご飯を食べなきゃ。お昼くらいなら、私が作りましょうか？」

「え、いいの？」

「一人分作るのも二人分も手間は同じですから。……材料費はいただきますけど」

「わー、嬉しい。そうしてもらえると、すっごく助かる」

出会って一週間、初めて青の笑顔を見た。まるで大輪の薔薇が咲いたような華やかさだ。

それを見ると、衝動的に口走ったことも、悪くない提案に思えてくる。

毎日となるとちょっと面倒だけど、まあ、いいか。喜んでもらえるんだから。

「じゃあ、お昼はここのキッチンを使ってもいいですか？」

「もちろん。ずっと使ってなかったから、調味料も調理器具も全然ないけど。必要なものは買っていいよ」

あー、そっちを揃えるのも、私がやるのか。

自分で言いだしたことなのに、めぐみは釈然としない。

まあ、どうせ作るのも私だから、自分で好きなものを買った方がいいけどね。それに、仕事場の環境が整うまでは、時間はあるし。

わずかに気持ちが波立ったが、めぐみは自分にそう言い聞かせていた。

5

「お先に失礼します」

その日も一八時になると、めぐみは青に挨拶をして、事務所を辞した。そして、徒歩一分と掛からない離れの居室に帰る。

鍵を開けると胡桃が待ち構えたように飛び掛かってくる。尻尾を自動車のワイパーのように左右にビュンビュン振りながら前脚を上げると、めぐみの胸くらいまで届く。そこから首を伸ばしてめぐみの顔を舐めようとする。めぐみは腰を屈めて顔を近づけ、胡桃のやりたいようにさせる。温かくてざらりとした感触を顎の辺りに感じる。

「ただいま。今日もいい仔で留守番していたね」

胡桃の歓迎ぶりは嬉しい。仕事を始めて十日になるが、仕事場では青とはほとんど口を利かない。たまに掛かる電話応対くらいで誰ともしゃべらずに過ごすと、自分が誰にも必要とされていない気がする。だから、こうして胡桃に歓迎されると、自分の存在を喜んでくれる相手がここにいる、と思えて嬉しいのだ。

急いで食事の支度をする。自分の分と胡桃のドッグフードを用意する。自分の分は前日の残りの豚肉を焼き、チューブの生姜と醤油と味醂を適当に混ぜたものを絡める。簡単生姜焼きだ。冷蔵庫に常備している茹でたほうれん草ともやし、ミニトマトを添える。インスタントのコーンスープを添えて一食出来上がり。キッチンが狭いし、ひとり分なので、だいたいこんな感じだ。栄養バランスはまあまあ取れている、と思う。

食後のお茶だけは、ちょっといい日本茶を飲む。自宅から送られてきた嬉野茶《うれしの》だ。毎年新茶の時期になると母は友人のお店でまとめ買いし、それを送ってくれるのだ。ふつうにお店で買うとかなり高いものらしい。実際どこで出されるお茶よりも、小さい頃から親しんできたこのお茶がいちばんおいしい、と思う。

今度、青さんにも出してあげようかな。いつも多めに送ってくれるから、事務所に持って行っても余るくらいだ。お昼を食べた後には、自分も一緒に飲めるし。

めぐみがお茶の用意を始めると、胡桃はそわそわし始める。前脚を突っ張って背中を低くし、伸びをする。それから、めぐみの周りをうろつき始める。

「わかったよ、そろそろお散歩に行こうね」

めぐみは湯飲みを置くと、犬のお散歩セットを取り出した。リードとうんちを入れる袋、それに水筒。水筒の水は飲ませるだけでなく、糞尿で汚した場所に掛けるためにも使うので多めだ。

リードを手に持つと、胡桃が付けてくれと言わんばかりに近寄ってくる。

「よしよし、賢い仔だね」

首輪にリードを繋ぐと、めぐみはスリッパからスニーカーに履きかえた。

駅前の大通りは夜になってもにぎやかだが、この辺りは人通りもまばらだ。暗い通りを抜けて、大きな病院のある広い通りに出る。そこは街灯もあるし、病院やマンションの灯りも見えて寂しくはない。その道を線路の方に向かうと、東京グローブ座という劇場がある。劇場はタワーマンションの敷地の一角にあり、敷地内は公園のように美しく整備されている。手を掛けられた植え込みや野外劇場のようなスペースもある。そこを通って、隣接する公園に行くのがめぐみのお気に入りの散歩コースだった。

駅から歩いて一〇分と離れていないのに、ここはいわゆる新大久保のイメージとはまるで違う。海外の高級マンション街のようだ。いつものように胡桃はつつじの茂みの匂いを嗅いだり、おしっこのために立ち止まったりする。めぐみは歩調を合わせ、劇場の前の歩道をゆっくり歩いて行く。後ろから見る犬の尻尾は、ぶんぶんとリズムを取るようにごきげんに揺れている。

三棟あるタワーマンションの前を通り過ぎて、公園に差し掛かろうというところで、胡桃が突然、うー、と唸り声を上げた。そして、ワンワン、と大声で吠える。

「こら、静かにして」

胡桃は、目の前を歩く男性の背中に向かって吠えている。男性は肩から大きなリュックを背負っていた。そのリュックが気になるらしい。

男性が驚いて振り返った。胡桃は吠え続けるが、尻尾はぶんぶんと大きく左右に振られている。

「ダメよ、おとなしくして」

胡桃は男性の方に近寄ろうとして、ぐいぐい前に行こうとする。かなりの力だ。めぐみが両手でリードを握って、引き離そうとする。

「すみません、いつもはおとなしい仔なんですけど」

胡桃は男性の方を向いたまま、大声で吠え続ける。

「ああ、匂いでわかっちゃったんだね」

男性はリュックを地面に下ろすと、ジッパーを開け、中から白い塊を取り出した。チワワだ。リュックに入れて持ち歩いていたのだ。胡桃はチワワを見ると吠えるのをやめ、くーんと甘えたような声を出した。

「この仔と仲良くしてくれる？」

男性はチワワにリードを付け、そっと地面に下ろした。チワワはぷるぷるっと小さく身体を震わせた。胡桃はくーんと言いながらチワワに近づき、頭を垂れてチワワのお尻の匂いを嗅いだ。チワワはおとなしくされるがままになっている。次にチワワが胡桃の後ろにまわり、匂いを嗅いだ。それが終わると、お互い身体をこすりつけるようにしている。

「どうやら気に入ったようですね」

男性は微笑んだ。感じのいい笑顔だ。自分より一回りくらい年上、四〇歳くらいのように見える。つられてめぐみも微笑む。

「お友だちができてよかったね」

めぐみは胡桃に話し掛けた。男性がめぐみに視線を向けて尋ねた。

「これからお散歩ですか？」

「はい。そこの公園でちょっと走らせようかと。……その仔、いつもバッグに入れて運ぶんですか？」

「いえ、あの」

男性はちょっと口ごもったが、すぐに笑顔を浮かべながら語った。

「実は僕、そこのマンションに住んでいるんですが、あそこはペット禁止なんですよ」

男性はすぐ後ろのタワーマンションを指さした。落ち着いたサーモンピンクとグレーで彩られたおしゃれな建物だ。持ち家か借家か知らないが、ここに住めるということは、男性はそれなりに高収入に違いない。

「この仔は実家で飼っていたんですが、母が足を痛めて面倒を見れなくなっちゃったんです。ペットホテルに預けるのも可哀そうだし、一時的なことだから、しばらく僕が預かることにしたんです。ほかの住人や管理人にみつかると面倒なので、公園まではこうしてこっそり運んでいます」

「そうだったんですか。……実は私もこの仔をペット禁止のアパートで、こっそり飼っていたことがあるんです。結局みつかって、追い出されましたけど」

同じ経験があることで、めぐみは男性に親近感を抱いた。

「アパートって、子犬の頃から飼っていたんですか？」

「いえ、町の中で拾ったんです。公園のベンチでランチをしていたら、物欲しそうに近寄ってきたんです」

遠慮がちに近づいてきて、めぐみの食べる姿をじっと見ていた胡桃。それが初対面だった。持っていたサンドイッチをあげると、美味しそうに平らげた。それで気に入られたのか、めぐみの後をずっと付いて来た。

「人懐っこいし、首輪もしていたから、迷い犬だろうと思ったんです。だからすぐに飼い主がみつかると思って、数日預かるだけのつもりでした」

最寄りの交番に行ったところ、飼い主がみつかるまでそちらで預かってほしい、と頼まれた。迷い犬の届けが出ればすぐに連絡するから、と。

「結局、飼い主がみつからなかったんですね？　だったら、保護団体に預けるか、保健所に渡すことは考えなかったんですか？」

「そうして預けたところで、雑種の中型犬じゃなかなか貰い手も現れないでしょう？　保健所に預けられたら殺処分になりそうだし、保護団体にしても扱う犬が多すぎて、一匹一匹に十分な手間は掛けられないみたいだし。そういう状況を知ってると、手放すのが可哀そうになってしまったんです。数日でも一緒にいると、情も湧きますし」

「ああ、その気持ち、わかります。僕も子どもの頃からずっとうちに犬がいましたし、一人っ子だったから、犬を兄弟みたいにして育ちましたしね。犬にも感情があるし、無碍にはできませんよね」

男性は屈んで、胡桃の頭を撫でた。胡桃は気持ちよさそうな顔でされるがままになっている。男性の目は優しい。

知らない年上の男性と夜に話しているのに、めぐみの中に不思議と警戒心は湧いてこない。胡桃の安心しきった態度に感化されているのかもしれない。

「よかったな。いい人に拾ってもらって。……この仔、なんていう名前ですか？」

「胡桃です」

「胡桃ちゃん。へー、奇遇ですね。うちの仔はミルク。胡桃の逆ですね」

ミルクという名前の通りチワワは真っ白だ。真っ黒な大きな目で問い掛けるようにこちらを見る。毛並みもふさふさとして色艶も美しい。よく手入れされているようだ。

「ミルクちゃん。こちらこそよろしく」

胡桃と名前が反対という事を知って、めぐみもさらに親近感を覚えた。

「ミルでいいですよ。母が名付けたんですけど、言いにくいんで、ミルって呼んでるんです」

「ミルちゃんは女の子？」

「いえ、男の子です」

「そうですか。胡桃は女の子です。この仔の毛色が日本の伝統色の胡桃色に似ているんで、そこから付けました」

「なるほど、確かに胡桃色ですね。胡桃ちゃん、よろしく。……いまは犬が飼える環境なんですか？」

「はい、いまは一戸建ての離れを安く借りているんです。大家さんのご厚意で犬もＯＫなんです」

「犬好きの大家さんなんですね。よかったね、胡桃ちゃん」

その時、後ろからベルの音が聞こえた。自転車が近づいている。めぐみと男は歩道の端に寄って、自転車をやり過ごした。

「立ち話もなんですし、公園に行きましょうか？」

「ええ、そうですね」

そうして、連れ立って公園の方に歩いて行く。

犬を散歩させていると、同じ犬連れと仲良くなることもある。だけど、お互い名乗りあうことはなく、○○ママとか△△パパと犬の名前をつけて呼び合う。毎日公園で顔を合わせていても、本名も知らないし、自宅の場所も知らない。

目の前の相手とも、そういう気楽な関係になれそうだ、とめぐみは思った。


注文してから一週間後には、仕事場に新しい家具が入った。荷物もほとんどないので、すぐにめぐみの方は片付いたのだが、青の方はなかなか自分の部屋から動かない。

正確には、動けない。締め切りが立て込んでいるので、パソコンの電源を落として部屋を移動させる時間も取れないのだ。

めぐみの方も仕事ができる体制になったが、仕事は全然渡されない。青が忙しすぎて、ちゃんと話をする時間すら取れないのだ。めぐみの仕事は猫の世話をすることと電話番、掃除、ランチと夕食の準備をすること。忙しすぎて食事もとれない青を見かねて、結局夕食も作ることになった。

　忙しい間だけ。どうせ一人分作るも二人分も同じだし。本意ではないが、ここで青さんに倒れられても困る。

『もしもし、桐生さん？　メール送りましたけど、見てもらえました？』

　時々切羽詰まった調子で、編集者から電話が掛かってくる。

「あの、私先週からここで働くようになった赤池です」

『えっ、じゃあ桐生さんの秘書？』

「ええ、まあ」

　ちょっと違うと思ったが、話が面倒になるので、そのまま続ける。

『助かったー。桐生さん、いくらメールしても返事よこさないんですよね。これからは赤池さんの方にも一緒にメール送ります。……ところで、うちの締め切りなんですけどね』

　その後は、青宛てのメールが同時にめぐみの方にも送られてくるようになった。その返事を書くのもめぐみの仕事になった。

　せっかくあこがれの装丁家のところに就職できたのに、これじゃまるで意味がない。青さんの仕事ぶりも見られないし、自分の仕事の糧《かて》にもならない。

「あの、お願いがあるんですが」

昼食を運んだついでに、めぐみは思い切って青に訴える。ちょっと胸がドキドキしている。

青は何？　と言うように首を傾げた。

「もし私に振れる仕事があったら、私に振っていただけませんか？」

青は表情を変えない。何を考えているか、よくわからない。

その無表情さが自分のことを拒んでいるようで、内心めぐみはひるんでいた。でも、言い出したからには、続けなければ、と思う。

「た、たとえば帯のデザインでしたら、私にもできると思うんです。あの、私のデザインが信用できないのなら、ラフを桐生さんが描いていただければ、それをクリーンナップしますから」

青は相変わらず無表情のままだ。

「ほかにも、チラシの裏とか、私にもできることがあれば、やらせてください」

「……やりたいの？」

意外なことを聞いたというような口調だ。

「ええ。私、そのために雇われたんじゃないんですか？」

いまのままじゃ、デザイナーというより秘書かお手伝いさんのようだ。少しは役に立っているとは思うけど、それが自分の本業ではない。

「ああ、そうか。デザインもできるんだっけ」

「は?」

めぐみは思わず聞き返した。

「えっと、最初に履歴書をお渡ししましたよね。……というか、デザイナーを募集されたんですよね?」

「いや、特には」

「じゃあ、なぜ私を雇ったんですか?」

「電話が面倒だったから。猫の世話も大変だし」

啞然として、言葉が出てこない。確かに、募集要項には『一緒に仕事をしてくれる人』とだけ書かれていて、デザイナー求むということではなかった。だけど、装丁家がこう書いていたら、デザイナー募集と思うのがふつうではないか。

「私、仕事やってると、ほかのことが全部ストップしてしまうんだ。出版社の人の電話にも出ないし、バイク便も受け取らないし」

ここに来てひと月足らずのめぐみにも、それはわかっていた。電話にも出ないし、玄関のチャイムが鳴っても気づかない。そもそも食事も睡眠も忘れて仕事しているのだ。

「それで、出版社の人たちの方が困ってしまって、いっそバイト雇ったら、って言われたんだ。電話番だけじゃなく、おつかいやコピー取りもバイトにしてもらえばいいって。あなたを雇ってよかった。メールのやり取りをしてくれるし、ご飯も作ってくれる。猫の面倒もよくみてくれる。すごく助かってるよ」

悪意など微塵もない、無邪気な笑顔を青は浮かべている。

そういうことだったのか。

目の前に青がいなければ、ショックのあまり、その場に座り込んでいたかもしれない。

「私はデザイナーを求めているのとばかり思っていました」

なんとか感情を抑えて、そう告げた。

「あ、それは無理。私、人と仕事するのは苦手だし、誰かを教えたり、指図したりするのも嫌だから」

あっさり言われて、二の句が継げない。

「とりあえず、今日のところは間に合っている」

それだけ言うと、青はまたパソコンの方に顔を向けた。これ以上はもう話すつもりはない、ということだ。

めぐみは黙って部屋を出た。

なんとかリビングのソファのところまで戻ると、呆然として座り込んだ。

デザイナーとしての自分は必要とされていなかった。

アシスタントですらない。マネージャーでもない。必要だったのは、ただの電話番。

ふと涙が出そうになって、あわてて目をしばたたいた。

話がうますぎると思った。自分みたいな半端なキャリアの人間が、桐生青の事務所で働けるって思って、舞い上がっていた。

いまにして思えば、疑問に思っていたことが納得できる。面接の時、いままでの仕事のことを聞かれなかったこと。自分の机やパソコンが欲しいと言ったら、怪訝な顔をされたこと。

電話番を雇うんだったら、必要ないことだもんね。

私を雇ってくれたのは、猫の扱いに慣れていることを見込まれたからなのか。

なんだか笑いが込み上げてきた。声を立てて笑った。ひとしきり笑うと、涙が出てくる。どうやら、メンタルがおかしくなっているらしい。

その時、部屋の中に猫のタマが入って来た。キジトラの猫だ。ほかの猫は、クロとかシロとかミケとか、身体的な特徴で名付けられていたが、タマだけはなぜかタマだ。

めぐみが無視していると、タマは寄って来て膝の上に乗った。いつもはひとに近寄らないくせに、なぜかこんな時だけ寄ってくる。

めぐみは無意識にタマの喉を撫でる。タマは満足そうに「にゃあ」と鳴く。

これから私はどうすればいいんだろう。仕事は楽だけど、キャリアにはならない。もう二〇代後半だから踏み留まっているわけにはいかないし、デザイナーとしてもっと成長したい。住む場所だって、ここを辞めたら追い出されるだろうし。

どうしたらいいんだろう。

脱力したまま、めぐみはソファに座り続けた。

誰もそれを咎める人はいない。タマはめぐみの膝の上で眠り始めた。その温かい重みを膝に感じながら、めぐみは動けずにいる。

窓の外の陽は翳《かげ》り、夜のとばりが部屋の中に忍び寄っていたが、電気を点ける気力もなく、めぐみは座り続けていた。

6

「それで落ち込んだってわけ？」

「うん。お給料だってそれなりに貰えていたから、まさか自分が電話番に雇われたなんて思わなかったし」

その週末、友人の倫果がめぐみの部屋を訪れていた。折り畳み式のテーブルの上に、甘辛いソースで味付けされた韓国風フライドチキンのヤンニョムチキン、チーズタッカルビ、韓国風海苔巻きのキンパなど、近くのお店で倫果が買って来たテイクアウトの韓国料理に加え、めぐみの作ったタコとアボカドのサラダ、トマトとモッツアレラチーズのカプレーゼなどが所狭しと並んでいる。

「あ、このチキン、タレがすごく美味しいよ」

倫果はフォークでつまみ上げたチキンを一口で頬張っている。

「倫果ってば」

「ちゃんと聞いてるよ。なるほど、うまい話には裏があったってことね」

倫果は唇の端についているタレを舌でぺろりと舐めた。

「まあ、そう言えばそうなんだけど」

「で、どうする？　失望したから辞めるの？」

「すぐには無理。引っ越しのためにお金も使ったから、当分動けない。カーテンとか家具も買い足したし」

「そうだよね。手を入れたから、いい部屋になったじゃない。最初見た時は、ここに住むなんてどうかと思ったけど」

倫果は部屋全体を見回す。窓には奮発して、モロッコ風の複雑な幾何学模様のブルーの上等なカーテンを取り付けた。壁には、それまで集めていたクレーやカンディンスキー、ワイエスなど、好きな画家の展覧会のポスターを額装して飾った。それだけでおしゃれでスタイリッシュな空間になった。

東側の壁の大きな作り付けの棚には、手持ちの本を並べた。本屋のディスプレイを真似て、気に入ったカバーは表向きにして飾った。それでも余っているスペースがあるので、そこに家族や大事な友だちが写った写真、故郷の河原で拾った綺麗な石、卒業旅行の台湾で買ったスカーフなど、前から持っていたお気に入りの品々を置いてみた。すると、おしゃれなだけでなく、ぐっと温かみのある棚になった。

「ここ、どうやら画家の光宗《みつむね》壮一《そういち》のアトリエだったらしいよ」

倫果が思い出したように言う。

「えっ、ほんとに？」

「うん、ネットで調べたら出ていた」

光宗壮一は平成を代表する画家で、彫刻家でもある。代表作の『猫と女』という絵は、教科書にも載るくらい有名だ。

「桐生さん、光宗壮一と関係があるのかな？」

めぐみが抱いた疑問を、倫果が一蹴する。

「偶然じゃない？　もし、桐生青が光宗壮一と繋がりがあるなら、業界でも噂になっているはずだけど、そういう話は聞いたことないよ。光宗壮一って、確か一〇年くらい前に亡くなっていたよね。相続税に困った遺族がここを売り払ったのか、賃貸に出したのかもね」

「そういえば、桐生さんもここが誰のアトリエか、知らないみたいだった」

それどころか、そういうことにはまるで興味がなさそうだった。猫のために広い家が必要だっただけなのだろう。

「そんな有名な画家のアトリエに住めるなんて、すごくラッキーじゃない？」

「確かに。なんか、この部屋がすごく神々しい場所に思えてきた」

もしほんとうなら、ここで描かれた絵もあるはずだ。背景がどうなっているか、光宗壮一の絵を今度探してみよう。

「東京でこれだけの広さの部屋に住めるってだけでもすごいことなのに、有名な画家のアトリエだったなんて、望んでもなかなかないよ。めぐ、ほんとラッキーだよ」

そう言いながら、倫果は足元にちょこんと待機している胡桃に、自分の皿からチキンを小さく切って食べさせる。

「うん、わかってる。だけどね」

それとこれとは話が別だ。

「私、もうすぐ三〇歳じゃない？　デザイナーとしたら独り立ちしていてもおかしくないのに、まだまだ半人前だもの、ここで踏み止まっているわけにもいかない。ここに住めるのはすごくラッキーだと思うけど、家のために仕事をあきらめるのはおかしいと思うし」

「じゃあ、ほかに住む場所がみつかったら、仕事辞めるの？」

「そういうわけでもないけど……」

「それはどうして？」

桐生青に未練があるからだ、とめぐみは素直に言えなかった。あこがれの人、だからこそ認められたいと強く願っている。それなのに、デザイナーとして認められていないことに自分はショックを受けているのだ。

「まだここで何も試していないし」

「試す？　何を？」

「たとえば……いままでやってきた仕事を見せて、青さんから仕事を任せてもらうようにするとか」

「うん、そうだね。わかってるじゃない。相手はめぐのこと、何にも知らないんだもん。ちゃんとプレゼンしてアピールすべきだよ」

「プレゼン？」

「私は弱小広告代理店にいるから、よけいそう思うのかもしれないんだけど、待っていたら仕事が来る、なんてうまい話は滅多にない。若くて経験がないからこそ、こっちから取りに行かなきゃ仕事なんて来ない。仕事は自分で作るものだよ。仕事をすれば職場の中に居場所ができる。この仕事はめぐにまかせておけば安心、って桐生青が思ってくれたら、こっちのもの」

「そんなこと、できるかなあ」

「できなきゃ、いつまで経っても状況は変わらない。桐生青の顔色を窺って、クビにならないようにびくびくし続けることになる」

「それは嫌」

「でしょ？　だったら頑張って、桐生青にとって、なくてはならないパートナーになることを目指さなきゃ」

「パートナー？　私が？」

めぐみの目が大きく見開かれた。思ってもみない発想だったのだ。

「そう。そうすればここにずっと居られるし、お給料だって上げてもらえるし」

「それができればいいんだけど、私と青さんじゃ、デザイナーとしてのスキルに差がありすぎるし」

「別にデザイナーとして対等じゃなくてもいいんだよ。桐生青だって完璧な人間ってわけじゃないんでしょ？　苦手なところやダメなところはあるんじゃないの？」

「それはまあそうだけど」

「そういうところを、めぐがフォローすればいいんだよ。世の中で天才と呼ばれる人たちは、たいていその後ろで支えている人間がいる。そういう人にめぐがなればいいんじゃない？」

倫果は小さな丸い形のモッツアレラチーズを皿に取り、それを小さく割いた。胡桃は何か貰えるかと、じっと倫果の様子を窺っている。

「支える人？　それって、マネージャーってこと？　それは気が進まない。自分もデザイナーとして頑張りたいし」

桐生青と仕事はしたかったが、支える立場としてではない。同じデザイナーとして、対等に仕事ができるようになりたいのだ。

「ひとつの例えだよ。なんでもいいじゃない、自分なりのやり方を、もっと試してみれば」

倫果が自分の掌にチーズの欠片を載せると、胡桃は勢い込んでそれを食べる。チーズが無くなっても、名残惜しそうに倫果の指を舌でぺろぺろ舐めた。

「自分のやり方かあ……」

「前に会った時には、ふたりだけなんだから仕事のやり方も自分たちで作っていける、って言ってたじゃない。いま投げ出すのは早すぎるよ」

そう言われると、返す言葉がない。確かに、自分が言ったのだ。あれからまだひと月も経っていない。

「そうだね。あきらめるのは早すぎるよね」

「もうちょっと頑張れ。胡桃をちゃんと食べさせるためにも、ね」

胡桃は名前が呼ばれたのを知って、くぅんと首を傾げた。その目は疑いを知らないように澄み切っていた。


そうだ、スケジュール表を作ってみよう。それは絶対青さんの役に立つ。

倫果が帰った後、ずっと考えて、閃いたのはそれだった。

青はスケジュール管理が下手だ。編集者との中継ぎをしていればわかる。感覚的にやりたいと思うものを優先しているようだった。

まずは、いまどれだけの仕事を抱えているか、洗い出してみよう。

現在進行中の仕事は五社。だけど、ひとつの依頼の中に、複数の注文が入っている。文庫本ならカバー周りと帯だけだが、単行本となるとカバーと帯だけでなく、本全体のデザインや本文中の文字組み、広告のチラシまで受けることもある。だが、たいていの発注元はいちいち細かく締め切りを指定してはこない。おおざっぱに何日まで、と言ってくる。デザイナーは上がったものから順次受け渡しをして、最終的な締め切りに間に合うようにする。全部まとめて一度に渡すこともある。だが、たとえばカバーとチラシでは締め切りのデッドラインが違うことを、社内デザイナーだっためぐみは経験上知っていた。だから、それに沿って詳細なスケジュール表を作れば、仕事の優先順位も立てやすい。

めぐみは仕事内容とそれぞれの締め切りを、発注元に細かく確認した。そうして集めた情報を一枚の表組みにした。仕事の日程が一目瞭然だ。それを持って青の部屋に行く。

「桐生さん、ちょっといいですか?」

青が振り向いた。目の下にクマができており、もともと大きな目がさらに大きく感じる。

「あの、スケジュールを確認させてほしいんですが」

「スケジュール?」

青の眉が不愉快そうに吊り上がる。

「ちゃんとやってるから。できたら連絡するって伝えてよ」

声が少し尖っている。忙しくて気持ちにゆとりがないのだ。

「もちろんわかっています。だけど、何をどういう順番にやったらいいかってことを、検討できるといいと思いまして」

青の強い剣幕に少しひるんだが、ちゃんと話をした方がいい、とめぐみには確信があった。

「桐生さん、いまどちらのお仕事をされているんですか？」

「ファーストマガジン社」

「ああ、文庫のお仕事ですね」

「カバーはできているんだけど、帯がまだ」

「でしたら、とりあえずカバーデザインだけ先方に送るといいですよ。カバーの進行の方が早いので」

「それ面倒。何がなんだかわからなくなる」

やはりそうだ、とめぐみは思った。青は物事の優先順位を考えるのは苦手のようだ。

「それについては、私の方で管理表を作って、交通整理してみました」

めぐみはプリントアウトしたスケジュール表を青に差し出した。ひとつひとつの仕事を横軸に、スケジュールを縦軸に書いている。

「終わったものは、順次私の方で記入して、更新していきます」

「なるほどね」

青はちょっと関心を持ったようだ。

「あなたがスケジュール管理をしてくれるってわけね」

「はい、もしかまわなければ。出版社との中継ぎをやる以上、スケジュールは知っておくにこしたことはありませんから」

「わかった。やってくれるとすごく助かる」

めぐみは少しほっとした。ここまでは計算通りだ。

「それから、この網を掛けてある部分の仕事」

「ああ、これはどういう意味？」

「これを私にやらせてもらえないでしょうか？」

青が顔を上げて、まっすぐめぐみの目を見た。犬のように照れのない、こちらのこころを見透かすようなまなざしだ。

「見ていただければわかりますが、これらはメインのデザインではなく、付属の仕事です。たとえばこのチラシ。表はポスターのリサイズだし、裏面は文字組み主体です。それだけでも、私にまかせてもらえませんか？　全部ご自分でやりたいというお気持ちはわかりますが、これだけスケジュールが押して来たら、そうも言っていられないんじゃないでしょうか」

「……できるの？」

「私、前の会社ではこういう仕事をたくさんやってきました。見てください」

めぐみは持っていたファイルを青に差し出した。いままでやってきた仕事をファイリングしたものだ。青は受け取って、じっとそれを眺めた。時間を掛けてひとつひとつチェックし、丁寧にページをめくっていく。

「ずいぶんたくさんやってるのね」

「はい、きっと桐生さんよりこういう仕事なら得意です」

言ってしまった後、どきっとした。まるで青がこういう仕事は苦手、と言ってるように受け取られかねない。

「ふうん」

青は面白そうだ。怒ってはいないように見える。

「もし、一から私にまかせるのが不安だと思うなら、桐生さんの方でラフを描いてください。それに合わせて仕上げますから」

「いいよ。やってみなよ。前の事務所でも、仕事をそうやって分担することはよくあったし」

「ありがとうございます」

めぐみはほっとした。これで、少しはデザイナーらしいことができる。

「だけど、ダメならボツにするからね」

その声にひやりとするような響きがあって、めぐみは思わず青の顔を見た。青はいつもの無表情に戻っていた。

7

ようやく仕事らしい仕事が始まった。新人時代に戻ったような仕事内容だったが、それでも嬉しかった。桐生青の手助けができていることが誇らしかった。ひとつひとつ青のチェックをもらったが、直しを要求されることはほとんどない。おそらく、こういう仕事なら及第点だと思ってもらえただろう。めぐみは内心安堵していた。

溜まっていた仕事は、少しずつ片付いていった。そうして修羅場も終盤になる頃、青が少し前に終わらせた単行本の見本が送られてきた。版元は、担当したデザイナーにも一、二冊見本を送るのが通例になっている。めぐみは青の部屋にそれを届ける。

「青さん、見本届きました」

めぐみの声を聞いて、青はパソコンから顔をこちらに向ける。

「うん、まあ、いい感じだね」

青は完成した本を顔の前三〇センチくらいのところで持ち、じっと眺めた。それから、両手を伸ばして少し離れた位置で見る。

青は満足そうに目を細めている。

本を両手で挟み、掌で撫でまわした。それから、右の指先を本の小口《こぐち》に沿って這わせる。感触を確認するようにゆっくり辿って行く。それが終わると、青は本を顔に近づけ、匂いを嗅いだ。胸いっぱいに息を吸い込んで、満足そうに微笑む。

どうやらこれが完成した作品に対する青の最終確認、儀式のようなものらしかった。

見本は仕事の最終確認のためのものだから、デザイナーは必ずチェックする。事故に繋がるような大きなミスがあれば、印刷をすぐに止めなければいけないからだ。

だが、こんな風に、本を味わうようにチェックするデザイナーをめぐみは見たことがない。めぐみの胸はほんのり温かくなった。

この人は、こんなに本が好きなのだ。

青は帯とカバーを外し、本を丸裸にした。そうして、また同じように撫でまわし、匂いを嗅ぐ。

そうしてしばらくじっとしていたが、名残惜しそうにカバーを掛け、帯を巻き、元の姿に戻す。それからおもむろに本を開き、見返し、扉、目次とゆっくり眺める。そして、本文が始まるところで、小さく「あ」と声を出した。

「どうかしましたか？」

「ここ、違う」

青が指さしたのは、本文の前のページにある装丁者の名前のところだった。

装丁　桐生青

と、書かれている。

「間違いじゃないと思いますけど？」

誤字ではない。ちゃんと青の名前がフルネームで印刷されている。

「だって、あなたの名前が入ってないじゃない。これじゃ、私ひとりで全部装丁したみたい」

めぐみはちょっと嬉しかった。自分を立ててくれると思ったのだ。

「そんなこと……。私がやったのは、帯と目次くらいですし、基本のデザインは桐生さんがやったことですから」

「違うものは違う。全部私のやったことだと思われるのは嫌。自分がやってないことまで自分の仕事にされたくない」

ぴしりと言う。めぐみの背中に冷たいものが走った。

桐生青のプライドだ。自分のものとそうでないものと、はっきりさせたいのだ。

「ほとんどの装丁家は助手を使っても、いちいち名前を入れたりしませんよ。田中祥平さんのところでも、そうだったんじゃないですか？」

「田中祥平のところは、個人名じゃなく、田中祥平事務所になっていた」

つまり、個人名じゃなく会社名。デザイン事務所という部分に助手の仕事も含まれるということだ。だが、事務所に所属している頃でも、青の担当したものは『桐生青（田中祥平事務所）』とクレジットされていた。桐生青は特別扱いだったのだ。

「だったら、桐生青デザイン事務所にしますか？」

「嫌だ。自分の名前を会社名にするなんて恥ずかしい。なんか偉そうだし」

「じゃあ、何かデザイン事務所の名前を決めたらいいんじゃないですか？」

「名前？」

「これからもひとりだけで仕事するんじゃなかったら、名前を付けるのはいいと思うんですけど」

「そうか。しばらくは赤ちゃんもいるんだね」

それを聞いて、めぐみの緊張が少し緩んだ。赤ちゃんと呼ばれるのは心外だが、自分が一緒に仕事をすることを、青は受け入れてくれたらしい。

「だけど、どういう名前にすればいい？」

「うーん、そうですね。桐生さんの場合、青という名前が印象的だから、青というのを何か言い換えたらいいんじゃないでしょうか。たとえば外国語にするとか」

「ブルーだから、つまんないよ。フランス語でもブルゥだし、ドイツ語でもブラオ。代わり映えしない。スペイン語ならアスールだからちょっとは違うけど、カッコよくはない」

「詳しいんですね」

「前に色の事典を作った時、地紋にアルファベットを敷きたくて、色の名前を調べたことがある」

「ああ、私、見たことあります。あのデザインよかったですね」

「なんか、カッコいい名前がいいな。ナントカデザイン事務所みたいなお堅い感じじゃなくて」

「そうですねえ。何か桐生さんのお好きな言葉があれば、それを英語とかフランス語に置き換えるといいんじゃないですか？」

「好きな言葉か。……天は自ら助くる者を助くとか」

「はあ？」

あまり聞いたことのない格言だ。意味もよくわからない。

「千丈の堤も蟻の一穴より崩れるとか」

青の好みはちょっとヘンだ。好きな格言でも、これを挙げる人は珍しいだろう。

「それ、格言ですよね。単語で何かないんですか？」

「単語？　花とか空とか星とか」

「フランス語だと……花はフルール、空はシエル、星はエトワールでしたっけ」

めぐみは大学時代に履修した第二外国語を思い出して言う。

「だったらデザイン・シエルとかどう？　それともスタジオ・エトワールは？」

「悪くはないですけど、デザインとかスタジオは英語だから、フランス語と組み合わせるのはおかしくないですか？」

「いいの、いいの、どうせ日本語読みだもん」

その辺は鷹揚というか、いい加減だ。

「スタジオ・エトワールだと長いし、バレエ教室みたいですね」

パリのオペラ座の最高位のダンサーのことをエトワールと言う。なので、エトワールの名前を使ったバレエ関係のショップやスタジオも、いくつか存在する。

「じゃあ、スタジオ・シエル。それで行こう。空は青も連想させるし、ちょうどいい」

「そんなに簡単に決めていいんですか？」

めぐみは呆気にとられている。名前が入るのが嫌だとか堅苦しいのは嫌だとか、こだわっていたのは何だったのか。

「覚えやすいし、大げさじゃないし、ちょうどいい」

「ちょうどいい、ですか」

「じゃあ、長く考えればいい案が出ると思う？」

「それは……」

「直感でいいと思ったから、これでいいよ。間に合うんなら、これからのクレジットはスタジオ・シエルにしてもらって」

「桐生さんの名前はクレジットに入れないんですか？」

「私ひとりでやったものなら入れてもいいけど、赤ちゃんの手が入ってるものはスタジオ・シエルだけでいい」

それは譲れない事のようだ。

「もちろん、赤ちゃんだけでやった仕事については、赤ちゃんの名前入れてもいいよ」

「ありがとうございます。ところで、前から思っていたんですが、赤ちゃんと呼ばれるの、少し照れ臭くて」

「嫌なの？」

「あの、できればめぐと呼んでくださると嬉しいです。昔からみんなにそう呼ばれているので」

「わかった。じゃあ、めぐ、よろしく」

デザイン事務所の名前が決まった。ついでにめぐみの呼び名も決まった。

「あの、事務所の名前が決まったんだから、それで名刺を作りませんか？」

「名刺？」

「前の会社では、私が名刺も作っていたんですよ。部署ごとに違うデザインで作っていました」

「えー。めんどくさいよ」

「名刺はいちばん小さな広告媒体ですよ。第一印象にも影響するんです。青さんはともかく私は無名の新人ですから、名刺がないと困ります」

『名刺はいちばん小さな広告媒体』というのは、めぐみのオリジナルの発想ではない。前の会社の社長の口癖だったのだ。名刺は、名前や肩書、住所といった個人情報を伝えるだけではない。その時手掛けているフェアの名前を入れたり、関連する部署の情報を裏面に入れたりすることもできる。写真を入れることもできる。名刺は必ず受け取ってもらえるし、捨てられることも少ない。だから名刺のデザインは大事にすべきなんだ、と。

それで、社員それぞれがアイデアを考え、社内のデザイン室が一手にそれを引き受けていた。なので、名刺制作はお手の物だ。

「それに、事務所の名前が決まったなら、挨拶状も送ったらどうですか？」

「挨拶状？　もっとめんどくさい」

「私がやりますから」

「全部そっちでやってくれるならいいけど」

青は興味なさそうに言った。

「文章もそっちで考えて」

「わかりました」

めぐみは昔の仕事のファイルを開くと、その中から一枚を取り出した。以前、新しい雑誌を創刊した時、関係各所に配った案内状だ。さすがに編集者は文章も上手く、簡潔な言葉で伝えるべきことをちゃんと伝えている。これを参考にして書いてみよう、とめぐみは思った。


このたび桐生青は田中祥平事務所から独立し、デザイン事務所を起ち上げました。

新しい事務所の名前は、スタジオ・シエル。

シエルはフランス語で空。

どこまでも続いて行く青い空のように、私の仕事も遠くまで続いていけば、と思って名付けました。

どうぞ、今後ともよろしくお願いします。

桐生青

○月×日

地紋は薄いきれいなブルー。シアン一五％くらいの。確か、白縹《しろはなだ》って言うんだっけ。

それに、シンプルな飾り罫で文章を囲んで。

書体はどうしようかな。シンプルなリュウミンがやっぱり好きだな。あるいは本明朝とか？　いいや、二種類打ち出してみよう。

名刺の方も、案内状と同じ色と書体にしよう。だけど面積が小さいから、飾り罫で囲むのは仰々しい。こっちは飾り罫は無しで。

うん、こんな感じかな。

完成したデザインをプリントアウトして、めぐみは青に持って行った。

「名刺と挨拶状ができました。見てもらえませんか？」

「そう」

青はめぐみの差し出したデザインを見た。

「違うよ。ダメ」

「どこがいけないのでしょう？　文章？　デザイン？」

「どっちもだよ」

「どっちも、ですか」

めぐみは落胆した。どちらもダメなのか。結構うまくいったと思ってたんだけど。

「この文章、私ひとりで事務所やるみたいじゃない」

「でも、それは……」

青は自分を対等なデザイナーとして受け入れたのではない。あくまで補佐だ。それなのに、自分の名前を入れるのはおかしい、とめぐみは思ったのだ。

「私ひとりなら、事務所名なんかいらない。めぐの名前を入れなきゃおかしいでしょ。それに『私の仕事』を『私たちの仕事』にしないと」

「いいんですか？」

「いいも悪いも、スタジオ・シエルってそういうことだし」

「はあ、ありがとうございます」

「それから、色はいいけど、飾り罫はいらない。文面が『どこまでも続いて行く青い空のように』というのであれば、遮るものはない方がいい」

「飾り罫が遮るもの、ということですか？」

「そう。広がっていくイメージを書いてる文章だから、書体だけで見せるのがいい」

なるほど、そういう考え方もあるのか、とめぐみは思った。短い文章なので、空間が余る感じだから罫線を入れようと思ったけど、青の考え方は文章を生かすというところに根付いている。

「じゃあ、もっと凝った書体の方がいいってことですか？」

「いや、この場合はシンプルに。活版の明朝体がいいよ。特に名刺は」

「活版ですか？　それだと高くつきますけど」

「どうせ二〇枚くらいしか刷らないでしょ。だったら、そんなもんでいいよ」

「いえいえ、名刺を刷るなら最低でも一〇〇枚は頼まないと、すぐに無くなってしまいますよ」

「そうかなあ。これ配るような知り合いは、そんなにいないけど」

「こういうものは、余るくらいでちょうどいいんです。知り合いじゃない人に配るから、名刺も挨拶状も意味があるんですよ」

そうして、青の意見を取り入れて、名刺は活版で刷ることになった。青はさらに紙質にこだわった。名刺は手触りが何より大事だと言うのだ。紙見本を何度も触って、結局最高級のものを選んでいた。安い名刺ならいまどきは五〇〇円を切る値段でも作れるのに、紙代だけでその一〇倍以上。活版印刷代も掛かるので、名刺代にしては馬鹿にならない価格だ。

「いいじゃない、一万や二万、名刺はいちばん小さな広告媒体なんじゃなかったっけ？」

ちょっと口にしただけの事なのに、よく覚えていたな、とめぐみは舌を巻く。

「だけど、一枚あたり一〇〇円を超えますよ。配る時は慎重にお願いします」

「大丈夫、私は配る人なんてそんなにいないから」

けろっとした顔で青は言う。葉書も活版で刷りたいという青を、「葉書はすぐに捨てられるものだから」と説得して、ふつうのオフセット印刷で作らせることにした。それでも高い紙を使ったから、ふつうの案内状よりは割高だ。めぐみにはもったいない気がした。

しかし、完成して届いたものを見ると、お金を掛けた部分にはそれだけのよさがある、と思わずにはいられなかった。紙質の良さがデザインのシンプルさを引き立てている。デザインが一割増しでよく見える。

それに、この触り心地。

青に倣って、指先で名刺を撫でてみる。味気ないビジネス名刺にはない、デリケートな肌触りだ。

考えてみれば、いままでコスト第一の仕事ばかりしてきたし、私自身で用紙を選ぶ仕事ってやったことがなかった。前の会社では、たまに紙の問屋さんが持って来るものを見せてもらっていたけど、実際に選ぶ仕事は先輩デザイナーの仕事だった。資材課の人たちと、あれやこれや検討している姿は楽しそうだった。

青さんは用紙まで選べるような仕事ばかりやってきたんだろうな。あの事務所は単行本の仕事がメインだし、青さんはスターだったから、いい仕事をやらせてもらっていたし。

同い年のデザイナーといっても、やっぱり差は歴然だな。

小さく溜め息を吐く。近くにいてもやはり遠い。

いつかその差が埋まる時が来るんだろうか。

名刺に書かれたデザイナーという肩書を見ながら、それが自分とは関係ないもののようにめぐみは感じていた。

8

「青さん、今日ちょっと早めに上がってもいいですか？」

その日、猫のタマと遊んでいる青に、めぐみはそう切り出した。

「いいけど、何かあるの？」

この二週間、ふたりは暇にしていた。集中していた仕事がばったり途絶え、やることがないのだ。ようやく青の机をリビングの方に移し、めぐみの机と並べて仕事部屋らしくしたのに、開店休業状態だ。青に言わせると、いままで仕事が集中していたのは、「独立のご祝儀替わりに編集者が仕事をくれたんだ」とのこと。それが一段落したのだそうだ。「仕事はまたそのうち来るよ」と、鷹揚に構えているが、めぐみは気が気ではない。締め切りを落としたものもあるから、評判も落としたのではないだろうか。それで、何かせずにはいられなかった。

「イラストレーターのNATSUさんの個展の内覧会が銀座であるんです。オープニングパーティもあるので、顔を出したいな、と思って」

そのイラストレーターには、前職で何度かお世話になっている。同世代の女性なので、気さくに話ができた。最近売れて来て、いろんな装丁で見掛けるようになった。オープニングパーティには業界人が来る。何か仕事に繋がる出会いもあるかもしれない。

「青さんも行きませんか？」

「私はいい。人混みは嫌い」

予想通りの反応だ。

「そうですか。じゃあ、私ひとりで行ってきます」

「好きにすれば」

青は膝にいたタマをぎゅっと抱きしめた。タマは不愉快そうな顔をしている。しばらくして青が力を抜くと、身体をちょっと長くして、青の腕の中からすり抜けた。青の手の届かない場所まで来て身体をぶるっと震わせると、そのまま奥の方へと行ってしまった。


オープニングパーティは盛況だった。展覧会をやる画廊がそのまま会場になっており、飲み物が数種類と軽食が何品か出る。飲食よりも、もっぱら参加者たちが交流するのが目的である。狭い会場は、身動きが取れないほどではないが、見通しが悪くなるくらいには人がいる。

めぐみがこうしたパーティに出席するのは、まだ二度目だ。社内デザイナーだった時に一度先輩に連れて来られたが、雑誌の仕事が中心だったので、個展を開くようなイラストレーターとの縁がほとんどない。

会場に来ているのは、同業のイラストレーターや編集者、それにデザイナーも少なくないはずだ。前回来た時、先輩がいろいろ紹介してくれた。

いまはそういう人がいない。だけど、こういう場は編集者と知り合うチャンスだし、スタジオ・シエルを宣伝するいい機会だ。めぐみはポケットの中を探った。つい先日作ったばかりの名刺が入っている。まだ一枚も使っていない。

今日こそ、これを使おう。ここに来たのは、営業するためなのだから。

こうした席に青さんが来るなら、それがいちばんいい。あの容姿は目立つし、名前も売れているから、黙っていても向こうから話し掛けてくるだろう。

だけど、やれと言っても、嫌がるにきまっている。

二ヶ月ほど一緒に仕事しただけだが、めぐみは青の性格がわかってきた。集中すれば何時間でも仕事を続ける。仕事に対しては完璧主義だが、それ以外はほとんど何もしない。猫と遊び、ゲームをやり、ネットサーフィンをする。一日中部屋の中でごろごろして過ごしている。外出は嫌い。買い物はほとんどネットショップ。ＳＮＳには興味ないし、友だちや家族と連絡を取ることもない。めぐみにも自分から話し掛けることは滅多にない。

そんな人だから、パーティで営業なんて絶対嫌がる。だったら、私がやるしかない。そう思ってここに来たのだけど、私自身も社交的とはいいがたい。

そこここで人だまりができ、楽しそうに談笑している。

どうしよう、さりげなく混じればいいのだろうか。迷っていると、後ろから、「こんばんは」と、声がした。振り向くと、そこに見知った顔があった。

「ミルくんパパ！」

思わず大きな声が出て、慌てて自分の口を手で押さえた。相手は時々公園で会う胡桃の犬仲間、ミルクくんの飼い主だ。散歩で会う時と違い、今日は上下グレーのスーツだ。シンプルなデザインだが、上質な生地で縫製もいいのだろう。身体にぴったり合って、りゅうとして見える。散歩で会う時はラフなジャージやデニムだったから、別人のようだ。

「こんなところで会うなんて」

「僕もびっくりしました。こちらはお仕事の関係？」

「はい、あの」

めぐみはポケットから名刺入れを出し、真新しい名刺を差し出した。

「あの、私赤池と申します。エディトリアル・デザイナーなんです」

この名刺を誰かに渡すのは、これが初めてだ。ミルくんパパでよかった。きっと大事にしてくれそうだ。

「スタジオ・シエル？」

「はい、できたばかりの。桐生青という人の事務所で働いているんです。桐生青ってご存じですか？」

「ええ、まあ。……そうですか、あなたもデザイナーだったんですね」

犬仲間とは、必ず毎日会うわけでもない。だいたい同じ時間に散歩する仲間というだけで、示し合わせて行くわけではない。ゆるい繋がりだ。だから、毎日のように顔を合わせる時もあれば、一週間まったく会わない時もある。ここしばらく、ミルくんパパとは会っていなかった。

「名乗るのはお互い初めてですね。僕は中島峻《なかじましゅん》と言います」

その名刺を見ると、老舗百貨店の美術部に在籍していて、肩書は室長となっている。年齢は四〇歳くらいだから、順調に出世コースに乗っているのだろう。

「美術部っていうのは、絵の売買を手掛けるということですか？」

「それだけじゃなく、展覧会などのイベントを手掛けたり、パンフレットを作ったり、美術画廊を運営したりしています。いろいろやりますよ。若い絵描きを発掘して紹介するのも、仕事のひとつです」

「そうだったんですね。それで、ここにいらっしゃるんですね」

今回出展しているNATSUの絵には熱狂的なファンが多い。中島も興味を持っているのだろう。

「ところで、こういう席は初めてですか？　誰かご紹介しましょうか？」

所在なげに立っていたのを見られたらしい。だが、そう言われるのはありがたい。

「はい、できればぜひ」

「じゃあ、ちょっとあちらに行きましょう」

中島は、壁際で談笑している数人の男性グループのところに、めぐみを連れて行った。

「やあ、中島さん、いらしていたんですか？」

その中のひとりが声を掛けてくる。中島はめぐみの方を見て言う。

「こちら『芸術人生』の浅岡《あさおか》さん。こちら、桐生青さんの事務所に新しく入った赤池めぐみさん」

「へえ、桐生さんとこの……。初めまして」

浅岡と呼ばれた男性が、愛想よく笑顔を浮かべ、名刺を出してきたので、名刺交換をする。

すると、そこにいたほかの人たちも、次々自己紹介をしてきたので、全員と名刺交換をした。編集者が三人、フリーのデザイナーもひとり。仕事に繋がりそうなメンバーだ。

彼らを紹介したところで、中島はほかの人に呼ばれて部屋の反対側の方に行った。めぐみは初対面の四人と取り残された。

「スタジオ・シエルっていうのが、桐生青さんの新しい事務所なんですね」

そのうちのひとりが名刺をしげしげと見て言う。

「はい、まだできたばかりで、桐生さんと私しかいませんが」

「桐生さん、田中祥平事務所でずっと行くのかと思っていた」

「僕もそう思っていた。そっちの方が向いていたのに。でもまあ、残った梶山《かじやま》さんがやりにくいだろうしね」

ほかのふたりが意味ありげに言う。

「どういうことですか？」

めぐみは尋ねる。めぐみ自身は青から過去の話を聞いた事は一度もない。

「いや、その……」

問われた男は口ごもる。

「何か、まずい話なんですか？」

「いやまあ、そうでもないです。よくある話ですよ。桐生さんって、いかにも田中祥平の弟子って感じで、作品至上主義っていうか、スケジュールをちゃんと守らないでしょ。いままでは、田中さんの一番弟子の梶山さんがいろいろフォローしていたんですよ」

「ああ、そうでしょうね」

それはわかる。青の才能を生かすためには、誰かの手助けが必要だ。入所してすぐの自分も、すでに同じことをしている。

「ところが田中さんが事故で急逝して、梶山さんが事務所を引き継ぐことになった時、桐生さんをどう扱うか、揉めたみたいです。桐生さんは田中さんと並んで事務所の看板だったんですが、梶山さんとしては自分がトップになった以上、それも面白くない。それで事務所を追い出したって噂ですよ」

「梶山さん、いろいろこぼしていましたものね。桐生さんは気分屋で扱いにくいって」

「時々奇声を発したり、嫌な相手だと口も利かないとか」

「仕事中に、突然踊りだしたりもするらしいですね」

「好きな相手と嫌いな相手では、態度が全然違うとか。まあ、それは女性にはありがちなことですけど」

クスクスと笑いながら男たちが言い立てる。まるで奇人扱いだ。それに、女性にはありがち、というのは差別的だ。あまり愉快な気持ちにはなれない。

「そういうところ、私は見たことありません。誰かと間違えているんだと思います。桐生さんはもっと静かな人ですよ」

めぐみはそう言い返した。青が侮辱されている気がして、黙っていられなかったのだ。欠席裁判で悪口を言うのは卑怯だ。

「まあ、噂ですからね、尾ひれがついているかもしれませんね」

めぐみの怒りを察知したのか、ひとりが咄嗟にフォローする。

「それに、梶山さんが追い出したって言うのも、言い過ぎでしょう。桐生さんほどのキャリアがあれば、独立しても十分やっていけるだろうし、梶山さんは効率的な運営をしたいと思っているから、方向性が自然に分かれたって感じなんじゃないですか？」

それまで黙っていたデザイナーの男性が、そこにいない梶山をかばう。

「効率的な運営って、どういうことですか？」

「田中祥平事務所は作品至上主義で、納期も予算も度外視というイメージがついていますからね。梶山さんはそういう面を改めて、ちゃんとビジネスとしてデザインの仕事を請け負うようにしたいってことのようです」

「まあ、寂しいっていえば寂しいですけどね。田中祥平のデザインはひと目でわかりますし、よいものを作るためには努力を惜しまない。その姿勢は編集者として並走するこちらも、背筋が伸びる想いでしたから」

「昔の装丁家にはそういう人がいましたね。本自体がいまよりずっと価値のあるもの、と思われていた頃は」

その昔、本が普及し始めた頃は、絵描きとして名を成している人が装丁を手掛けることも多かった。その時代の装丁はいま見ても美しいし、ひとつの芸術作品のようにも見える。その流れを汲んで、装丁を芸術としてとらえる人はいまでもいる。

「でも今は、装丁家じゃなく、ブックデザイナーと言われることが多いでしょ。かつては職人的な習熟が必要だった作業も、パソコン上でいとも簡単にできるし。その分軽くなったというか、ふつうの職業になったというか」

それを言った男も三〇代半ばくらいだから、その時代を知らないはずだ。だけど、まるで当時を懐かしむような、感傷的な口ぶりだ。めぐみも話を合わせる。

「ああ、それは聞いたことがあります。昔のデザイナーは、定規を使って一定の太さで線を引く練習から始めたのだそうですね。いまはパソコンで誰でもきれいな線が描けるので、そんなことやりませんけど」

昔はレイアウト用紙に手描きで線を描き込んでいたそうだ。めぐみはパソコン以前の時代を知らないから、それでよくデザインできていたものだ、と思う。不器用じゃ絶対できない仕事だったはずだ。

「仕事となると、スケジュール管理やコミュニケーション能力も求められますからね。昔のデザイナーは職人気質で頑固な人も多かったんですが、そういう人はここのところめっきり減りました。特に若い編集者たちは、昔気質の人とは仕事したがりませんし。でも、そういう人と仕事するのは勉強になることも多いんですけどね」

「だからまあ、桐生さんは古いタイプの装丁家の生き残りかもしれませんね。赤池さんがしっかりフォローしないと、やっていけないですよ」

「はあ、そうですね」

青についての噂話は、なぜかめぐみが励まされて終わった。その後もしばらく会話していたが、終始業界関係者の噂話だった。いい話も悪い話もあったが、みんな驚くほど噂話に詳しい。

他人事として聞いている分には面白いが、あまり愉快ではない。やっぱりこういう集まりは疲れる。

めぐみは会話の輪をそっと離れ、ドリンクの置かれているテーブルの方に向かう。いちばん端に置かれていたオレンジジュースを手に取った。置きっぱなしになったドリンクは氷が溶けて、上澄みは水ばかりだ。口に含むと、舌には微かに甘苦さが残った。

9

内覧会ではすぐに仕事に繋がるような出会いはなく、その後も暇な日々が続いた。部屋のレイアウトを変えたり、掃除をしたり、猫の世話をしたり、食事を作ったりしても、まだ時間が余る。めぐみにはそれが苦痛でたまらない。

何もしないで事務所にいるのは、世間から取り残されたような気持ちになる。

「仕事には波があるもんだよ。遊べる時には遊んだほうがいい。なんなら、休暇ということにして、旅行でもしてきたら」

青はそんな風に言うが、怖くてそんなことはとてもできない、とめぐみは思う。戻ってきたら、自分の机が無くなっているか、代わりに誰かほかの人が座っているんじゃないだろうか。青さんは気まぐれだから、やりかねない。

青が悠然と構えているのは、集中して仕事したので二ヶ月や三ヶ月は遊んで暮らせるお金を稼いだからだそうだが、その先はどうなるのだろうか。いまの仕事が三ヶ月後四ヶ月後の入金になる。いま働かなければ、その先はどうなる？

それに、ここまで暇になると、自分がいなくても困らない。近頃では暇すぎるので、昼食だけでなく就業時間中に夕食も作って、事務所で一緒に食べるのが当たり前になった。凝った料理よりも、子どもが好むようなハンバーグとかカレーライスを作ると「おいしい、おいしい」と喜んで食べてくれる。

「料理作ってくれるだけでも、めぐに来てもらってよかった」

青は無邪気に言う。嬉しいけれど、それだけで自分を雇い続けるはずはない。お金が尽きたら、その場で自分はクビになるんじゃないだろうか。

その日、夕食のチキンソテーを食べ終わると、めぐみは食後の珈琲とプリンを出しながら、いつ切り出そうか、と青の顔色を窺った。

「あ、これ、昼間作っていたやつ？　ほんもののプリンだ」

一口食べると「おいしい！」と言って目を細める。青はごきげんだ。

「あの、ちょっとお話があるんですが」

「何？」

きょとんとした顔で青がこちらを見る。その澄んだ瞳に、めぐみは気持ちがひるむ。

「言い出しにくい話？」

「はい、あの、仕事の話なんですけど」

「うん。言って」

「あの、こんなに仕事がないのは、やっぱりよくないと思うんです。それで、考えたんですが、出版社に挨拶にまわったらどうかと」

友人の倫果にも言われたことだ。仕事は待っていても来ない。自分で作るしかない、と。

「それって、売り込みってこと？」

「はい。その、青さんが独立されたのを知らない人もいると思いますし、依頼したいけど、連絡先がわからないと思っている人もいるかもしれません。なので、こちらから自己紹介がてら出向いたらどうか、と思うんです」

「絶対に嫌」

予想はしていたが、一言でばっさり切り捨てる。

「そういうのに向いてないから、この仕事やっている。私には無理」

「だったら、私ひとりでまわってもいいですか？」

自分だって、営業はしたくない。だけど、青ができないと言うなら、やるしかない。青のやれないことをやれば、自分の存在意義もあるだろう。

「めぐが？」

青は大きく目を見開く。そして、表情が歪む。

「やめなよ、そんなこと。営業って嫌な思いをするよ、きっと。門前払い食らったり、嫌みを言われたりするんだよ」

「そういうこともあるかもしれませんが」

仕事でやる以上、嫌なことでも避けて通れないこともある。この職場を守るためには、多少の嫌な思いは我慢しよう、とめぐみは覚悟を決めている。

「この前パーティに行った時、何人かの人と名刺交換しました。その人たちを訪ねれば、門前払いということにはならない、と思います。自分のところで仕事がなくても、ほかの部署を紹介してもらえるかもしれないし」

「だめだよ、それでも。こっちが下に出れば、相手はつけあがるし」

「そうでもないですよ。みんな親切な人でしたし」

「男の親切って、たいてい下心があるんだよ。親切にしたら、見返りがあるのが当然だと思っている。いい人だと思って気を許していたら『今晩つきあえ』とか、急に言い出すんだ。それを断ると、あとで『あいつはおかしなやつだ』とか、噂立てられたりするし。だから、男に借りを作ったらダメだよ」

子どもが駄々をこねているような言い方だが、その目はこころに痛みを持つ人のそれだった。きっと信頼していた人に、突然迫られたりした経験があるのだろう。

「めぐにはそういう経験ないの？」

そう言われて、めぐみも昔のことを思い出した。いつもは記憶に蓋をして、思い出さないようにしていることだ。

「ないことはないです。就活の時、企業に入った先輩を訪問したら、その後電話が掛かって来て、『もっといろいろ教えてあげるから、飲みに行こう』と誘われました。断ったら、『あの子は融通が利かない』とまわりに言いふらしていたそうです」

「そうだったんだ。サイテーだね、そいつ」

感じのいい先輩だと思っていたので、そういう態度を取られたことはとてもショックだった。いまでも嫌な思い出として残っている。

「でも、前の会社に就職してからは、周りに恵まれてそういうことは一度もありませんでした。上司が女性でしたし、何かとかばってくれましたし」

そこそこの容姿の自分でも、若い女というだけで嫌な思いをした経験はいくつもある。これだけ人目を引く容貌であれば、青に言い寄る男はたくさんいただろう。嫌な想いもたくさんしたのだろう。

美人だから得をするとは限らない。むしろ目立ち過ぎると面倒も多い。それは同性だから、よくわかる。

「青さん、もしかして前の事務所でも、そういうことがあったんですか？」

「うん。田中が生きているうちはよかった。だけど、その後は……」

田中祥平が桐生青をかわいがっている、という噂は聞いたことがあった。まるで実の娘のように気に掛け、大事にしていたらしい。その庇護を受けているうちは、仕事以外のことは考えずにすんでいたのだ。それを失った途端、自分がただのデザイナーではなく、女性として見られていることに気づいた。そういうことだったのだろう。

性別など関係ない状況で会話していたつもりなのに、いきなり性的な感情を突きつけられれば、女性は皆困惑する。モテたんだからうれしいだろう、などと思うのは、男性の身勝手な思い込みだ。

「だからね、売り込みなんてやめておきなよ。めぐが嫌な思いをするくらいなら、仕事なんか来ない方がいい。ね、お願い」

そこまで言われると、めぐみも「わかりました」としか言えなくなる。そんな男ばかりじゃない、とわかっていても、それを見分けるのは難しい。突然豹変する男もいるのだ。だけど、売り込みをしないとしたら、何をやれば仕事が来るのだろう。

めぐみは途方に暮れていた。

そんなある日、久しぶりに事務所の電話が鳴った。

「はい、スタジオ・シエルです」

『あの、赤池さん？』

電話の向こうの声には聞き覚えがあった。

「宇野さん！」

前の会社の上司だ。デザイン部門のリーダーだった女性で、デザイン室が解散になった後も、正社員なので会社に残っている。いまは管理部門にいるはずだ。

『葉書、届いたよ。桐生青と一緒の事務所なんて、すごいじゃない』

事務所設立の案内の葉書は一〇〇枚刷ったが、かなり余ってしまった。それで、元の上司である宇野にも挨拶代わりに送っておいたのである。

「はあ、ありがとうございます」

『赤池さんのことはずっと気にしていたの。急な退職だったし、次の仕事がすぐにみつかるだろうか、って。知り合いに、デザイナー募集しているところはないか、聞いたりもしていたの。だけど、杞憂だったわ。さすが赤池さん、ちゃんと自分で仕事みつけたのね。それも、桐生青の事務所なんて、素晴らしいわ』

「はい、おかげさまで」

思わず声が上ずった。そんな風に気に掛けてもらっていたことが嬉しかった。

「ほかの皆さんは元気ですか？」

『ええ、みんなそれなりに頑張っている。新藤さんは親の介護があるので、これを機会に仕事を辞めたそうだけど、神崎《かんざき》さんはデザインの仕事を続けている。うちの仕事もいろいろやってもらってるの』

「そうなんですね。それはよかった」

『そのうち同窓会でもしましょうね』

「はい、ぜひ！」

『……ところで、本題なんだけど』

めぐみはドキッとした。急に電話を掛けてきたのには理由があるだろう。様子うかがいだけではないはずだ。

『桐生さんのいるような事務所だと、やっぱり文芸の仕事が中心よね。うちみたいな雑誌の仕事はちょっと違うよね』

「とんでもない、なんでもやりますよ。始めたばかりなので、仕事を選んではいられませんから。何かあったら、ぜひお願いします！」

『ほんとに？　助かった！』

宇野の声が一気に明るくなった。

『ムックで「ヨガ的生活」ってあったの、覚えてる？』

年に四回ほど刊行されているムックの人気シリーズだ。めぐみが前の会社で最後に手掛けた仕事でもある。その時は別の先輩がアート・ディレクターで、めぐみはその助手のようなものだったが。

「もちろんです。私もお手伝いしていましたから」

『そちらの仕事をできるデザイナーを探しているの。うちはずっと内部でデザインしていたから、編集部もデザイン事務所との繋がりがあまりないでしょう？　どこか知らないかって私に相談されたの。それで、赤池さんのことを思い出したってわけ』

「ありがとうございます」

『赤池さんに引き受けてもらえるなら、こっちもすごく助かる』

「それで、分量はどれくらい？」

『丸々一冊お願いしたいの。デザイン全部と、完成データを仕上げるところまで』

「というと、本文の文字直しもこちらでやるっていうことですか？」

『そうなの。あてにしていたデザイン事務所が、そこまではできないって断って来て、困っているのよ』

かつては、デザイナーは文字通りデザインの仕事だけやればよかった。文字はどういう大きさで、何行くらい、どこの位置に入るというように、デザインの指定だけをしていた。実際に文字を組むのは、印刷所や写植《しゃしょく》屋のオペレーターの仕事だった。文字の修正もそちらで行った。だが、パソコンでデザインを組むようになってからは、文字を組むのも、変更や修正も、パソコン上で簡単にできるようになった。それで、従来はオペレーターがやっていた仕事を、デザイナー側で請け負うことが可能になったのだ。

とはいっても煩雑な作業なので、文字量の多いものは従来どおり印刷所や専門のオペレーターが組むことが多い。デザイナーによっては、そういう仕事を受けないところもある。

「そうだったんですね」

デザイン室にいた頃は、完成データを仕上げるところまでやっていたので、めぐみはオペレーター的な仕事にも慣れている。

『赤池さんなら勝手がわかっているし、編集部の方でもぜひお願いしたい、って言ってるのよ。ほら、編集長の今井《いまい》さん、知ってるでしょ？　助けると思って、引き受けてくれない？』

「大丈夫だと思いますけど、一応スケジュールとギャラを教えてもらえますか？　うちの代表の桐生に説明しますので」

めぐみは嬉しかった。かつての上司が自分のことを気に掛けてくれていたのも嬉しかったが、何より自分の人脈で仕事が来たのだ。これで、少しはスタジオ・シエルに貢献ができる。その事実に、めぐみは安堵していた。

「気が進まない」

青は説明を半分も聞かずに、めぐみの渡した過去のムックをぱらぱらめくると、それを机の上に投げ出し、言い放った。

「どうしてですか？」

「だって、ヨガのムックなんて興味ないし」

思わずめぐみは目を見張って青の顔を見る。

「それに……オペレーター的な仕事は、私には向いてない。面倒だし」

その発言には、さすがにめぐみもイラっときた。

「そんなこと言っても、私たち、仕事を選べる状況じゃないと思います。いま仕事がないということは、二ヶ月先三ヶ月先の収入がゼロだということです。それで、ほんとに大丈夫でしょうか？　家賃や光熱費、それに私の給料だって、売り上げが無ければ支払いに困るじゃないですか」

「私の分が無くても、めぐの給料はちゃんと払う」

その言葉に、一瞬こころが動かされたが、めぐみはさらに続ける。

「そういうことじゃないです。何もしないでお給料をいただくのは、私も納得できません。……青さんがやれないと言うなら、私ひとりでこの仕事やります。それならいいですよね？」

　青は肯定も否定もせず、黙っている。

「この仕事、私の前の会社の人が持ってきてくれたんです。私のことを気に掛けてくれて、どこかデザイン事務所を知らないかと聞かれて、うちを推薦してくれたそうです。だから、私としたら引き受けない訳にはいかないんです」

「追い出された会社なのに？」

　痛いところを突いて来た。追い出された、と言えば確かにそうなのだ。

「追い出したのはその人じゃありません。会社のエラい人の決めたことですから、現場は関係ないです」

「ふうん」

「私このムック、好きなんです。編集スタッフがこれを創刊するためにヨガを習い始めて、ヨガを好きになって、一生懸命作っているんです。ただの情報誌じゃない、写真や文章からヨガへの愛があふれている感じがするんです。だから、自分も編集部に協力したいんです」

　めぐみの言葉を聞いて、青はしばらく黙っていたが、ぽつんと言った。

「この表紙もタイトルロゴも替えていいなら、引き受けるよ。うちがやるからには、うちらしい仕事をしたい」

「ロゴの変更？」

編集長の今井晴子《はるこ》は困惑した顔になった。めぐみは挨拶がてらひとりでサガワ出版に出向き、編集長の今井と話している。

「いまからやって間に合うのかしら。ロゴだけじゃなく、中身のデザインも新しくするとなると、実質リニューアルよね」

「ああ、そう言えるかもしれません」

「ムックといっても、うちは三ヶ月に一度、定期的に出しているし、読者もついているから、実質雑誌と変わらない。リニューアルならリニューアルと謳って、読者や取次《とりつぎ》はもちろん社内の営業部にも前もって告知しないといけないけど、その時間もないし」

「それは……そうですけど。うちの桐生が一応、聞いてくれと」

ロゴは雑誌のタイトル文字、表紙の顔だ。表紙のイラストや写真は毎回変わっても、ロゴは変わらないから、ぱっと見てもその雑誌だとわかる。店頭でもみつけやすい。だから、雑誌のロゴは一度決めると、滅多に変更することはない。

「それに、うちとしてはそちらの事務所とおつきあいするのは初めてだから、どんなデザインが上がってくるか心配なの。いきなりリニューアルをまかせるというのは、ちょっと難しい。今号では、いままでのラインを踏襲してやってほしい」

雑誌のロゴを新しく作る場合、コンペをして、いくつかのデザイン事務所にロゴの候補を出させることもある。雑誌の顔だから、ロゴについてはどの編集部でも熟慮するのだ。

「確かに、そうですね」

青が雑誌のロゴ変更を軽く考えているのは、ずっと単行本やポスターの仕事をやってきたからだろう、とめぐみは思う。小説のシリーズでもない限り、単行本のタイトル文字は毎回新しく作るものなのだ。

「おっしゃる通りだと思います。いまからでは時間がないと思いますし、これまでのラインを踏襲します。どんなデザインだったかは十分わかっていますし」

「そうよね。赤池さんがついていてくれるのは頼もしいわ。デザイン室にいた頃から、赤池さんの仕事は信頼できると思っていたのよ」

「ありがとうございます」

そう言ってもらえるのは、素直に嬉しい。デザイン室では一番下っ端だったけど、ちゃんと見ていてくれたんだ、と思う。

「ほんと、なんでデザイン室を閉鎖したのかしら。結局こうやって同じ人にお願いするんだったら、残しておいてくれた方が、何かと便利だったのに」

今井はぼやくが、それについては、何も言うことはできない。めぐみも同じ想いだったけど、いまは立場が違う。相手はクライアントだ。うかつに同意すると、クライアントの会社の悪口を言ってることになる。

「ところで、一緒にやってる桐生さんって、あの桐生青さんでしょ？　天才少女と騒がれた」

「はい、ご存じだったんですね」

「まあ、当時から業界にいたからね。噂は聞いてます。それで、宇野さんから提案された時、正直気乗りしなかったの。文芸や広告の仕事が主戦場の人でしょ？　うちみたいな小さな実用雑誌の仕事を、あの桐生青がやってくれるのかしら。うちの仕事じゃ役不足なんじゃないかって」

桐生青の名前が有名であることが、こういうところでは邪魔をする。田中祥平同様、芸術家肌で、受ける仕事を選ぶと思われているのだろう。

「それは……いままでの桐生は確かにそうですけど、それは田中祥平事務所にいたからです。うちはデザイン事務所としては新参者ですし、仕事を選べるような立場ではありません。いろんな仕事をやっていきたいと思っています。役不足なんて、とんでもないですよ。お声を掛けていただいて、とてもありがたかったです」

「ま、どっちにしても赤池さんがやることになるだろうって宇野さんも言ったから、お願いすることにしたの。赤池さんのデザインならわかっているし、スケジュールも安心だから」

そこまで言ってもらえるとは思わなかった。嬉しさが胸に込み上げる。

「ロゴの件はすみません。撤回します。こういうムックは初めてなので、桐生が張り切り過ぎているんです。どうせなら自分らしい仕事をやりたいと肩に力が入っていて、それで……」

ちょっと話をいい感じに盛ったけれど、こう言えば青に対しても悪い感情を持たれずにすむだろう、とめぐみは思った。

「だけど、今回はそちらとは最初のお仕事だし、前のデザインラインを踏襲するということでお引き受けします。桐生にもその旨申し伝えておきます」

「桐生さんの本気も見てみたいけど、今回は時間がないし。それは、また次の機会ということで」

「わかりました」

そうは言っても、次があるかどうかはこの仕事次第だ。今回は言われたとおりに頑張るしかない。それで青さんがすねたとしたら、自分で全部やればいい。ほかに仕事はしてないのだから、できない量じゃない。

「よろしくお願いします」

帰ったらなんとか青を説得しなければと思いながら、めぐみは頭を下げていた。

10

「ただいま」

めぐみが事務所のドアを開けた途端、

「見て、見て」

と、青が奥の方から飛んで来た。

「これ、私が考えたロゴ」

そうして、持っていた紙を嬉しそうに差し出した。まるでテストで満点を取った子どもが、母親に誇らし気に見せるような顔だ。

「ヨガ的生活？ これってあの」

まさにめぐみが打ち合わせしてきたばかりの雑誌のロゴだ。いつの間にこんなロゴを考えたのだろう。

「もうひとつあるよ」

とっておきの宝物を見せるように、青はもう一枚のプリントアウトした紙を取り出し、めぐみに渡した。

「どっちがいいと思う？」

青の目はきらきらしている。確かに、どちらもいいロゴだ。シンプルだが柔らかい印象を与える。これに比べると、従来のロゴは堅苦しく見える。

「いつの間に、これを？」

「んー、昨日話を聞いたんで、それからずっと考えていた」

すると、一晩で作ったのだ。しかも、まるでテイストの違うものをふたつ。どっちも個性的だし、雑誌の内容にも合っている。

「もうひとつアイデア思いついて、そちらもあと少しでできるよ」

「すごいですね」

嘆息のような声が漏れた。一日で三つロゴを作るなんて、自分にはとてもできない。

「だって、文字作るのは楽しいもん。いくらだってできるよ。子どもの頃から、ひとりで文字作るのが趣味だったし」

そうだった、この人はスケッチブックにレタリングを書き溜めていて、それを大御所の田中祥平に見せたことが、業界に入るきっかけになったんだった。文字を作るのは遊びみたいなものだったんだろう。

「ね、めぐはどっちが好き?」

かなわないな、と思う。もって生まれた資質から違う。根っからのデザイナーだ。

「めぐ?」

青が自分の顔を覗き込んでいることに気づいて、めぐみは慌てて笑顔を作る。

「あんまり早いんで、びっくりしてしまいました。どっちもいいですけど……そうですね、自分としたら最初の方がいいと思います」

「やっぱり? 私もそう思う。めぐはセンスがいい」

青はにこにこと嬉しそうだ。

「これなら、編集者も気に入るよね」

「それが……」

「何か問題でも？」

「いえ、あの、……ロゴの変更については、今回は見送りたいと言われていて」

青の顔がみるみる曇る。

「どうして？」

「ロゴを作るのに時間が掛かるだろうし、それを営業や読者に伝えるのにも時間が掛かるからって、それで……」

「時間が掛かる？　もうできてるけど」

きょとんとした顔で青が言う。

「だけど、それでいいかを決めるのは、編集部だけじゃないんです。ロゴは雑誌の顔だから、上司の許可もいるし、営業部や宣伝部にも話を通さなきゃいけないし、社内調整だけでもいろいろと大変なんです」

以前いた会社だから、それぞれの部署の担当者の顔までめぐみには思い浮かぶ。急な変更は好まれない。営業部の部長は特に頭が固くて、新しいことにはいちいち文句をつけていた。

「それって、向こうの事情でしょ？」

「えっ、ええ」

「だったら、聞くだけ聞いてみたら？　こういうの、できましたけどって。時間がないって言うんなら、一刻も早く渡した方がいいだろうし」

青は、断られるとは思ってもみないようだ。

しょうがないな。

めぐみはこみあげてくる溜め息を、かろうじて呑み込んだ。

どうせダメだと思うけど、青さんの顔を立てて、聞くだけは聞いてみることにするか。

「じゃあ、ロゴのデータを下さい。メールで打診してみますから」

気が進まなかったが、めぐみは言われた通り、すぐに送ることにした。ビジネス用の例文集を参考にしながら、相手を怒らせないように言葉使いに気をつけつつ、メールを書いた。メールし終わると、めぐみは青に伝えた。

「メールを送りましたけど、今回はちょっと難しいかもしれません。今号ではロゴの変更はしない、やるなら次号以降と一度向こうと決めています。それなのにすぐに違うことを提案するのは、あまりよく思われないと思うし」

プライドの高い編集者であれば、それだけで仕事を引き上げるかもしれない。編集者と打ち合わせしていると、仕事を発注しているのはこちらだ、という気持ちが透けて見えることがある。デザイナーに指図されることを喜ばない人もいるのだ。

「これ使わないなら、私はやらない」

「発注しているのは向こうですから。私たち下請けはそれに従わなきゃダメです」

「下請けって嫌な言い方だね」

青は拗ねたように口を尖らせた。

「仕事をやるのに上も下もないよ。どうやったらいいものができるか、それだけのこと」

なるほど、それは理想だけど、現実は違う。我々は雇われているのだ。お金を出すのは相手の方だ。おのずと上下関係はできる、とめぐみは思う。

編集者だからと言って、デザインセンスがあるとは限らない。それに、センスがいいものが必ず売れる、というわけでもない。先鋭的過ぎるデザインは、業界人以外には受け入れられにくい。

結局のところ、何を採用するかを決めるのは編集者だ。編集者はそのデザインを選択した結果についての責任も負うのだから。

「今井さんがどんな風におっしゃるか、返信を待ちましょう。席を外しているかもしれないし、すぐに来るかどうかはわかりませんが」

「そうだね。ロゴ描いていたら、お腹減っちゃった」

母親にねだるような甘えた顔で、青はめぐみの方を見る。何か作ってくれないかというアピールだ。遊びでエネルギーを使いきった子どもと同じだ。

「夕食には早いから……ホットケーキでも焼きましょうか?」

めぐみは台所にある食材を思い浮かべた。もはや自分の台所と同じように、この家のキッチンには詳しい。いや、ほとんどキッチンに立たない青よりも、ずっと詳しい。いろいろ食材を買い足し、棚や冷蔵庫にしまっているのはめぐみだ。

「わあい、ホットケーキ。ほんとに? ほんとに作ってくれるの?」

青はよほど嬉しかったのか、ホットケーキ、ホットケーキと、踊りながらおかしな歌を歌い始める。めぐみはキッチンに行き、小麦粉と卵とベーキングパウダーを使って、手早くホットケーキを焼いた。焼き終わったものを、はちみつとバターと一緒に青の前に出す。青は「わお」と言いながら、はちみつをたっぷりかけてかぶりつく。

「おいしい！　ホットケーキミックス使わなくても、こんなにおいしく作れるなんてすごいね」

一言感想を述べると、あとは一生懸命食べるのに専念する。めぐみの頬が緩む。デザイナーの友だちにこれを話したら、

「職場で料理作るなんて非常識。それに、デザイン以外の仕事をやるなんておかしい。そんなこと、やってあげる必要ないよ」

と、言うかもしれない。でも、めぐみはそれほど嫌ではない。料理は嫌いじゃないし、自分が食べる分を作るついでだ、と思う。そうやって食事を与えないと、青はカップ麺ばかり食べるだろう。それで身体を壊したら、こっちが困るのだ。

普通の職場だったら、わざわざ作ったりはしない。点数稼ぎとか女子力アピールとか、いろいろ言われそうだ。恋愛感情と勘違いされて、距離が変に近くなるのも困るし。

青さんはただ喜んでくれるから、そういうことを考えなくていい。すごく楽だ。

めぐみも青の前に座って、同じものを食べる。黄金色のバターの塊が溶けて、きつね色に焼けたホットケーキの縁から皿の方に滑り落ちている。いい香りが漂ってくる。

「おいしいね」

あまりに青が嬉しそうにしているので、めぐみも機嫌がよくなった。

「だったら今度はココアのホットケーキ作りますね」

「え、ほんとに？　嬉しい」

そんな話をしていると、テーブルの上に置いたスマホが鳴った。電話が掛かって来たらしい。相手は知らない番号だ。

「もしもし」

『あの、赤池さん？』

「はい」

『今井です。さきほどはメールをありがとう』

「いえ、その、すみません。打ち合わせと違うことを言い出して」

クレームかと思い、めぐみは先に謝罪する。だが、それは違った。

『私もびっくりしたけど、あれ、いいじゃない？』

今井の声は明るく弾んでいる。

「あ？　そうですか」

『編集部のみんなにも見せたら、みんなも気に入って、次号からそれにしようっていうことになったの。A案の方』

「ほんとに？　急な変更で大丈夫でしょうか？」

『考えてみれば、デザイナーが変わるってことは、デザインも一新する契機よね。忘れていたけど、次号は五周年なの。だから、五周年記念号ってことで、営業も説得できると思う。それに、うちはムックだから、多少の発売日のずれはよくあることだし』

「はあ」

さっきと話が全然違っている。ロゴひとつで、今井はすっかり考えを変えてしまったのだ。

デザインの力だ。青さんの力だ。それだけあのロゴに力があった、ということだ。

嬉しいけれど、どこかチクンと胸が痛む。私自身の力ではないのだ。

『でも、こんな短時間でまったく新しいロゴを作ってくるなんて、さすが桐生さんよね。そういう人にうちの雑誌のデザインをしてもらえるなんて、すごくラッキーなことだわ。時間が掛かって雑誌向きでない、なんて言う人もいるけど、赤池さんもついているし、心配はいらなそうね』

「ええ、まあ」

私はサブで制作進行みたいなもの。デザイナーとしては、青さんには全然かなわない。それはわかっていたことだけど。

『ともあれ、改めてよろしくお願いします。明日内容の詳細について、そちらに説明に伺います。いいかしら？』

「もちろんです。わざわざすみません」

『時間は一一時で大丈夫？』

「はい、それでお願いします」

めぐみは電話を切ると、青の方を向いた。すぐ傍で話していたのだが、一心にホットケーキを食べている青の耳には、会話の内容が入ってなかったらしい。

青はめぐみの方を見ると、にこっと笑った。

「これ、おかわりある？」

「ええ、ありますけど。……それより、いま、ロゴの件で電話が掛かってきました」

「そう、それでなんて？」

あまり興味なさそうに青が言う。視線は目の前のホットケーキを向いたままだ。フォークで大きな一切れをすくい、口の中に入れる。

「採用したいそうです。明日、内容の打ち合わせに、編集者がこちらに来てくれるそうです」

「何時に来るの？」

「明日一一時だそうです」

「わかった」

青は嬉しいというのでもなく、当たり前のことのように平静だ。

自分のロゴが通ることを、まるで疑っていなかったみたいだ。すごい自信だ。なんだか、私ひとりやきもきして、馬鹿みたいだな。

青はホットケーキを食べ終わり、「おかわり！」と、大きな声で言う。その満面の笑みが、めぐみにはちょっと憎らしかった。

翌日、今井は編集部の女性をひとり伴って、時間通りに現れた。型どおりの挨拶が終わると、今井が手土産を差し出した。

「これ、少しですけど」

「ありがとうございます。わ、ゴンドラのパウンドケーキですね。嬉しい」

めぐみが嬉しそうに受け取ると、青が聞く。

「ゴンドラって？」

「サガワ出版の近くにある老舗の洋菓子店です。ここのパウンドケーキは有名なんですよ」

「そうなんだ。ありがとう。ちょうど甘いもの食べたかったんです」

青は無邪気に喜ぶ。

「お持たせですけど、すぐに切ってお持ちしますね」

そうしてめぐみが紅茶を淹れ、パウンドケーキを切って打ち合わせスペースに戻ると、青が真面目な顔で語っていた。

「……あと蛍光ピンクを多用しているのはどうかと思うんです。目立ち過ぎる。ページによっては、デザインが主張して、写真の邪魔をしている」

お茶とお菓子をサーブしながら、めぐみは聞き耳を立てているが、いままでの雑誌のデザインについての感想を、青が語っているとわかる。配り終わると、急いでお盆をキッチンに戻し、ペンとメモを持って青の隣に座る。

「気になったのは、そういうところです」

青はけろっとした顔で語り終えるが、編集者ふたりは難しい顔をしている。

「そうなると、全面的にデザインを変更したいっていうことですか？」

「ん？　デザイナーが変わるんだから、紙面も変わるんでしょう？」

「つまり、桐生さんはいままでのデザインにご不満があるってことですよね？」

「いえ、感想を聞かれたから言ったまで。私の好みとは違うけど、これはこれで悪くないデザインだと思います」

青の発言を聞いて、相手の眉間の皺はどんどん深くなる。困惑しているのだ。

「それで、新しいデザインはどんな方向性で？」

「方向性？」

青は首を傾げる。うーん、としばらく唸っていたが、すぐに考えるのをやめたようだ。

「言葉で説明するのは苦手なんです。写真とか原稿が届けば、そこからイメージして、いちばんいい形に配置するだけだし。最初からこういうふうって決めることはありません」

「ですが、雑誌のトータルデザインというか、トータルコンセプトについては？」

「うーん、それは考えていません。そういうものは、やりながら自然にできてくるものだと思うし」

青は少しいらだった口調だ。全然話が嚙み合っていない。

「実際にやってみないと、何とも言えません」

「それはそうですけど……」

編集者としたら、どんな方向性かもわからないで、いきなり全部をおまかせにするのは不安なのだ、とめぐみは察した。

「だったら」

めぐみが切り出すと、三人が一斉にそちらを見た。

「たとえば五、六ページの特集を、試しに桐生がデザインしてみるというのはどうでしょう。桐生は言葉で説明するのが苦手なので、実際に形にしたものを見ていただいた方がいいと思うんです。それでご判断いただければ」

「だけど、それでダメだったら？　それからまた新しいデザイン事務所探すのも大変だし」

編集者はまだ浮かない顔をしている。

「もし桐生のデザインがダメということでしたら、私がやりますから。私はいままでのデザインを踏襲したもので仕上げられますし」

めぐみは思い切って言ってみた。実際『ヨガ的生活』には何年も関わってきたのだ。デザインの責任者であるアート・ディレクターの経験はないものの、巻頭特集だって何度もまかされていた。だから、青よりもこの雑誌のことは知っている、という自負がある。

「ああ、そうね。いざとなれば赤池さんがやってくれるなら、間違いないわね」

思い出したように、今井が言う。青もそれでいい、というようにうなずいた。

「とにかくやってみますか」

「はい。編集部に戻って、お渡しできるものがあればすぐ送ります。それでよければ、そのままデザインとして使えますし。もちろん先割《さきわり》になりますけど」

先割というのは、文章がない状態でデザインを組むことである。逆に、本文や見出しなどの原稿を編集側があらかじめ用意し、それに合わせてデザインを組むことを、先原《さきげん》と言う。先割の割は、レイアウトを意味する割付の略。先原の原は、原稿の原の略だ。

「わかりました。じゃあ、それでお願いします。こちらもなるべく早く完成させますので」

めぐみが言うが、今井は視線を青の方に向けたまま言う。

「よろしくお願いします」

青は何も答えず、何か考え事に熱中しているようだ。

「青さん」

めぐみが声を掛けると、ハッと気づいたように、

「あ、ああ。よろしくお願いします」

と、かろうじて返事をした。めぐみは作り笑顔を浮かべていたが、青はこころここにあ

らず、といった表情だった。

その日のうちに編集部から、八ページ特集のデザインのラフと写真のデータが送られてきた。ラフというのは、だいたいこれくらいの位置に、これくらいの大きさで写真を置きたいとか、見出しはこの辺にいれてほしい、本文はだいたい何文字くらい必要など、デザインする上で必要な情報を、おおざっぱに編集者が指定したものである。デザイナーはそれをもとに、ページのデザインを作り上げる。先原の場合は文章のデータも付いてきて、それに合わせてデザインを組むが、今回は先割なので文章はない。デザインが組みあがった段階で決まる文字量に合わせて、あとから編集部の方で文章を書くことになる。

「じゃあ、これから作業する」

青がめぐみに宣言する。

「えっ、いまからですか？」

時間は夜の七時。夕食を食べ終わり、めぐみが部屋に戻ろうとする時間だ。

「めぐは戻ってもいいよ。これくらいならすぐにできるし、今晩中に仕上げてしまいたい」

「ですけど……」

「胡桃が待ってるんじゃないの？」

「ええ、ですが、私もデザインやらなくていいんでしょうか？」

めぐみは遠慮がちに聞く。

「これくらい、ひとりでできるよ」

「ですが……デザインの見本は一種類じゃなくてもいいと思うし、従来のデザインを踏襲したらこんなふう、という見本をつけるのもいいんじゃないでしょうか」

「そりゃ、あってもいいけど。めぐ、面倒じゃない？」

「いえ、私もやりたいんです」

平静を装ったつもりだったが、声に感情が乗ってしまったようだ。切実な響きが出てしまった。青がはっとしたように、目を見張った。

「ほんとに？」

「ええ、だって、『ヨガ的生活』はずっと手掛けてきた雑誌ですし、うちでやるなら私も関わりたいし。何もやらないというのは、ちょっと……」

最後の方はぼやくような小声になった。

「もしかしたら、めぐはこれ、全部自分でやりたかったんじゃない？」

「いえ、そんなこと。先方は青さんにやってもらいたいと思っていますし、私ひとりでなんて無理だし」

「無理じゃないよ。手伝ってもらっていたから、私にはわかる。小さなデザインでもダメなやつはダメ。めぐなら大丈夫。そんなに卑下することない」

「そう言ってくださるのは嬉しいですけど……」

自分だってできないことはない、と思う。前の職場でも、辞める前の頃は、ほぼ独力で一冊仕上げたこともあった。だけど、なまじ知っているだけに、編集者は自分のことをデザイン室にいた若手くらいにしか思っていない。青さんのデザインだからリニューアルを承知したのだ。青さんじゃなければ、いままで通りでいいと言っただろう。

「わかった。前のラインを踏襲してなんて言わず、めぐが好きにデザインを組んでみるといいよ。それで大丈夫か、向こうに決めてもらおう」

「えっ、でも先方は青さんにお願いするつもりですし」

「私も出すよ。だけど、めぐもやりたいなら、やるべきだよ。こんなふうにできる、ということは見せておいた方がいい」

青の厚意は嬉しかった。並べると見劣りするだろうけど、自分をデザイナーとして評価して、同じ土俵に立たせてくれるということだから。

「ありがとうございます。そう言っていただけるのは嬉しいです。勉強と思ってやらせていただきます」

「そんなこと言わず、やるからには全力で。私もそうするから。明日の夕方までに、ひとつは仕上げることにしよう。だから、今日じゃなくても明日の作業でもいいよ。わんこが待ってるだろうし」

青の言う通り、胡桃はめぐみの帰りを待ちかねている。広めの部屋だと言っても、ひとりで待っているのは寂しいのだろう。ドアを開けると、その前で待ち構えていて、嬉しそうに飛びついてくる。顔をぺろぺろ舐めてくる。めぐみにとって、至福の時間だ。

「はい、一度戻って、胡桃を散歩させて来ます。それから、また来ます」

「いいよ、戻らなくても。残業代が出るわけじゃないし、明日やれば」

「でも……」

「じゃあ、私も今日は仕事しない。それならいい？」

青はめぐみの顔を覗き込んだ。

「え、ええ」

「じゃあ、ふたりで明日やろ。そうしよう」

「はい、わかりました」

めぐみは家に戻った。散歩の準備をして家を出る時、母屋の方を見た。仕事場の灯りは消え、寝室の方の電気がついている。

ほんとに、仕事を中断したんだな。

ぼんやり思っていると、胡桃がめぐみを急かすように、凄いスピードで歩き出した。リードを引っ張られ、めぐみはよろめくように前へと歩き出した。


翌日の午後には、ふたりともデザインは終わっていた。パソコンは使わなかったが、めぐみは前の晩に家でアイデアをまとめていたのだ。

「じゃあ、お互い見せっこしようか。データそっちに送るよ。めぐのも見せて」

そう青に言われて、めぐみは自分の方を送った。青のものも送られてくる。ファイルを開くと画面いっぱいに青のデザインが現れた。思わず「あっ」と、声を上げた。

雑誌の中の一ページというより、広告のような大胆なデザインだった。太陽礼拝というヨガのポーズを五枚の写真で順番に説明するページなのに、写真は均等ではなく、極端に大小をつけている。一枚は見開きいっぱいに拡大しているが、あとの四枚は四センチ角ほどの大きさで端っこに置いてある。見出しも本文も横書きの指定になっている。

日本の雑誌の場合、ほとんどは右開きだ。日本語の特性として、縦書きは一行ごとに右から左へと順番に書かれている。視線も右から左へと流れるので、右開きにした方が次のページに自然に繋がるのだ。一方、横書きは左から右に文章を書く。そうなると、左開きにしないと視線の流れが不自然だ。だから、横書きは写真の多い写真集やパンフレットなどでは使われるが、文章を読ませることが目的の雑誌では、一般的ではない。

「カッコいいでしょ」

「それは……そうですけど」

「どうせデザインを変えるなら、これくらい変えた方がいいと思わない?」

青はうきうきと楽しそうだ。

「だけど、これだと左開きになるんじゃないですか?」

「そ。写真の多いこの雑誌なら、そっちの方がハマるでしょ」

「つまり、ここだけじゃなく、全ページ横組みにするってことですか?」

「そういうこと。そっちの方がおもしろい」

「そんなの、ダメです！」

めぐみは思わず即答した。そんなの、許されるわけない。

「どうして？」

どうして、と問われると、言葉に詰まる。どうしてそうじゃないといけないのか、とまでは考えたことがなかった。

「だって、日本の雑誌はほとんど右開きじゃないですか。それにはきっと理由があるはずです。流通の方で何か制約があるとか、書店に嫌われるとか」

やっと絞り出した理由を、青が一刀両断する。

「そうかな。単行本ならたまにあるよ。写真集とか、海外出版のものをそのまま翻訳したものとか。だから、流通とか書店は関係ないよ」

そう言われると、反論できない。そもそもめぐみは右開きか左開きか、あまり意識して見たことがなかったのだ。

「だけど、編集部はそこまで変えたいと思っているかどうか……」

「まあね。編集スタッフがダメと言ったらできないけど」

意外と常識的な理由で青が納得したので、めぐみは安堵した。

「で、めぐの方は？」

青のデスクトップにはめぐみのデザインが開かれている。めぐみなりに新しいデザインにしてみたつもりだったが、青の出してきたものと比べると、ずいぶん保守的に見える。結局もとのデザインに引っ張られている、とめぐみは痛感した。だが、青はそこには触れなかった。

「柔らかい色使いはとてもいいよ。だけど、それだけじゃ印象がぼやけちゃうので、アクセントがあるといいな。キャッチに紫使うとか」

「紫ですか」

「シアン六五%、マゼンタ七二%くらいの」

急なアドバイスに戸惑いながら、めぐみは言われた通り色を変えてみる。

「あ、確かにこっちの方がいいかも」

強い色が入ったので、画面が締まって見える。ちょっとしたことなのに、印象が変わる。

「一ヵ所でいいんだ、デザインが主張するのは。それでも写真やキャッチよりデザインが目立っちゃいけないよ。主役はそっちだから」

ぱっとひと目見てどうすればよくなるって言えるって、すごいな。私にはできない。

「ありがとうございます」

「じゃあ、こっちで編集部に送っておくわ」

「いいんですか？　それくらい、私がやりますよ」

「いいから。それより、そろそろお腹空いたかも。お昼は、お好み焼きだと嬉しいな」

そう無邪気に言う青の顔は、デザインのことなど頭にないようだった。なんとなく、敗北感のような気持ちを抱きながら、めぐみはキッチンに向かった。

「そうですか。なるほど、なるほど。……わかります。無理がありますよね。……いえ、大丈夫です。そちらの方針ですから……はい、わかりました」

青が電話をしているのを、めぐみは息を詰めるようにして聞いている。翌朝、『ヨガ的生活』の編集部から電話があったのだ。めぐみが最初に出たのだが、今井は青を指名した。

「もちろんです。……はい、じゃあ、そういうことで」

電話を切ると、青がめぐみを見た。

「めぐのデザインで行きたいって」

「ほんとですか？」

「横組みも面白いけど、そこまで変えたくない。従来の読者を戸惑わせるんだそうだよ。読者はいままでの形態を支持してくれていたので、それに対する裏切りになるんだって。さすが、編集者はうまいこと言うね」

「はあ」

嫌みなのか本心なのかわからなくて、めぐみはあいまいな相槌を打つ。

「そんなわけで、この仕事はよろしく」

「えっ、どういうことですか？」

「この仕事は、めぐにみんなまかせるよ」

「いいんですか？」

「いいも悪いも編集部の決定だし、いいんじゃない？」

青さんは、最初からやる気がなかったのだろうか？　それとも、私がやりたいということを察知して、わざと編集部が拒むようなデザインを出したのだろうか？

ふと浮かんだ疑問を、めぐみはすぐに押し殺した。

なんでもいい。自分がこれをやることを、青さんも編集部も認めてくれたのだ。素直にこのチャンスをありがたく受け取ろう。

「ありがとうございます！」

お腹の奥から喜びが湧いてくる。ずっとサブでやっていた仕事を、ようやく自分がメインでやることができるのだ。

会社を辞めてよかった、とめぐみは初めて思った。

会社にいたら、まだサブのままだった。私より信用も実績もある先輩がいたから、編集部からの指名もそちらに集中していた。私は補佐的な仕事ばかりだったし、そこからどうすれば一歩進めるかはわからなかった。周りはみんないい人たちだったから波風立たせたくなかったし、何かを変えるのは難しかった。

会社を出たからこそ、新しいことに挑戦できる。もともとやりたかったことに近づける。

「私、頑張ります！」

めぐみは青に告げたが、それは自分自身へのエールだ。

青はめぐみを見てなかった。青の視線は、部屋の隅にある猫タワーではしゃぐ猫の方に向けられていた。猫を見守るその視線は、とても柔らかかった。

11

『ヨガ的生活』の仕事が始まった。それまで滞っていたのか、ページの説明とラフがメールで一気に送られてくる。デザインをリニューアルする、と言ってしまった以上、巻頭特集のように毎回デザインが変わるものだけでなく、定期連載のフォーマットも新しくしなければならない。急にめぐみは忙しくなった。

しかし、宣言通り青は手伝おうとはしない。青の方にも、装丁の仕事が入っていた。

「実は、作家本人から、ぜひ桐生青さんにお願いしたい、と言われまして。前に桐生さんが手がけた『海の声、鳥の涙』がとても印象に残っているそうなんです」

「そうですか」

青はなんということもない、というように返事している。背を向けて仕事しているものの、めぐみにも青たちの会話は丸聞こえだ。めぐみは文芸の単行本のデザインは経験がない。もとの会社は実用書がほとんどで、文芸書でもせいぜいエッセイくらいしか出していなかった。なので、文芸編集者の打ち合わせには興味津々だ。つい聞き耳を立ててしまう。

「タイトルは『風の記憶』と言います。ミステリですが、謎解きよりもサスペンスの要素が強いものになっています」

「本の仕様は」

「四六《しろく》判の上製本で。ちょっといい仕上がりにしたいんです」

「値段は？」

「一八〇〇円くらいを想定しています」

青は編集者にさまざまな質問をする。紙や加工にどれくらいお金が掛けられるか、写真がいいかイラストがいいか。編集者としてはどんなデザインイメージがあるのか、などなど、あまりおしゃべりが得意でない青が、しっかり質問をしている。今回は比較的経費が掛けられるものらしい。「これまでにないデザインを」と、編集者は熱く語っている。

さらに、小説のテーマや読みどころについて、青は長い時間掛けて質問した。さらに作家の人となりや過去の作品、ファンの年齢層やタイプまで聞いて、メモを取っていた。

「この作家さん、前作はN木賞の候補にもなったんですよ。この作品にも編集部はとても期待しているんです。装丁でも注目されるようなものにしたいんですよ」

小一時間打ち合わせをすると、編集者はゲラを渡して帰って行った。ゲラというのは通称で、ゲラ刷りあるいは校正刷りとも言われる。完成版のレイアウトに合わせて原稿の文字を組んだもので、文字校正や全体のページ数の確認などのために使われる。

青はそのゲラをどうしようか、というように首を傾げたが、きょろきょろ部屋を見回し、結局壁際のロッカーの中に投げ入れた。

「青さん、それ、読まないんですか？」

めぐみは思わず尋ねた。編集者がゲラを置いて行ったのは、デザインの参考にしてほしい、ということだ。めぐみは小説が好きなので、人より先に小説が読めるのは装丁家の特権だ、と思っている。その権利を行使しないなんて、もったいない。

「うん、私、長い小説は読めないんだ。読んでいると、文字が頭の中でいっぱいになる。その形が気になって、ちっとも前に進まない」

「形が気になる？」

「書体とか大きさとか、漢字と仮名のバランスとか。配置をこうした方がいいとか、いろんなビジョンが湧いてきて、そっちに気を取られてしまうんだ。文字が繋がると意味が生まれるし、その意味からまたイメージが生まれるし」

装丁家にも、事前に小説をちゃんと読む人と読まない人がいる。後者には、自分の勝手な印象よりいちばん小説を理解している編集者のイメージを大事にしたい、という場合もあるし、単に忙しくて読んでいられない、という人もいる。そして、それだからといって、仕上がりが劣るということでもない。高名な装丁家でも、事前に読まないことを公言している人もいるのだ。

だけど、読めないから、という理由は初めて聞いた。イメージが湧きすぎて読めないなんて、青さんらしい。

「青さん、小説はお嫌いなんですか?」

「そんなことはない。小説の言葉はそれだけでイメージが膨らむから、すごく好き。本という形のなかに、それぞれ違うドラマがある。それを装丁のかたちに落とし込むのはとても楽しい。だけど」

「だけど?」

「自分で読むのでなく、誰かが音読してくれればいいのに、と思う」

青は深い溜め息を吐いた。めぐみは、天才と言われる桐生青の、意外な弱点を見てしまった気がして、落ち着かない。

「じゃあ、私がそれ、読ませてもらってもいいですか? もちろん内容を他人に話したりはしませんから」

「いいよ。これ、あげるよ」

青はロッカーから出して、めぐみの机の上にゲラを置いた。

「一応、本が完成するまでは手元に持っていて。終わったら捨ててもいい」

「ありがとうございます」

そうして、めぐみは受け取って、家に持って帰った。


「おはようございます」

翌日、めぐみは眠そうに目をこすりながら仕事場に顔を出した。

「おはよう」

青は既に机で何か、一心に描いている。

「昨日いただいたゲラ、面白くて、一気に読んでしまいました。すごくよかったですよー」

青は何も言わない。集中している時の青は、いつもそんな感じだ。めぐみは気にせず話し掛ける。

「じゃあ、私、珈琲淹れますね」

青は返事をしないが、めぐみは気にせずキッチンに向かった。めぐみが来るまでは何もないキッチンだったが、青は珈琲好きだけあって、珈琲豆だけは常備していた。

お茶を淹れるのは義務ではない。最初に青に珈琲を淹れた時、「そんなことしなくてもいいよ」と、すごい剣幕で青に叱られた。

「女の子はお茶汲みが義務なんて、うちではないからね！」

「は、はあ」

その強い言い方は、何か嫌な思い出と結びついているのだろう、とめぐみは思った。

「……もしかして、田中祥平事務所では、女性がお茶を出していたんですか？」

「そう。いちばん若い女性が毎朝、全員分淹れることになっていた。私が『そんなの嫌だ』と言ったら、先輩たちにすごく怒られた。でも、淹れなかったけど」

めぐみは微笑んだ。田中祥平事務所は昔ながらの流儀だったんだろう。それをここではやらない、というのは、自分を気遣ってくれているってことだ。

「わかりました。だけど珈琲って、一杯淹れるよりも二杯分淹れた方がおいしいんですよ。それに、フィルターも一枚で済むから、節約にもなるし」

「そうか。じゃあ、めぐが淹れるついでに私のも淹れて。そのかわり、飲んだコップは私が洗うからね！」

青は変なところが律儀だ。食事も、片付けは自分でやると言い張った。食べ終わった皿は自分でキッチンに運んで洗った。と言っても、洗うのはシンクの下に作り付けられた食洗機の役目。青はそこにセットするだけだったが。

めぐみが青の分も珈琲を淹れるようになったら、青が珈琲メーカーを購入してくれた。だが、そこにセットするのを青はすぐに忘れるので、結局めぐみがやることになる。たくさん淹れておけば、二回分三回分あるのだが、めぐみは煮詰まった珈琲が嫌いなので、毎回飲む分だけしかセットしない。手で淹れても面倒はさほど変わらない。それでも青の気がすむなら、と珈琲メーカーを使い続けている。

仕事部屋に戻ると、青が大きなあくびをしていた。そういう姿をさらけ出すことに、青はまるで無頓着だ。

「ありがとう。いつも淹れてもらってごめん」

そう言って、青は自分のマグカップを受け取った。

「あ、ラフできたんですね？」

「うん、こんな感じ。どう思う？」

青が得意そうにラフを見せる。

ラフは鉛筆描きだ。カバーはイラストを使いたいのだろう。ひび割れた花瓶が大きく描かれ、その割れ目から花々が零れ落ちているという象徴的なイラストが、ラフには描かれている。イラストはひとつではなく、花瓶の位置や大きさを変えて四パターンほど描かれていた。

「これは……」

「何か気になる？」

「いえ、あの……」

言うべきか、めぐみは躊躇している。

「私よりも編集者の方の意見の方が大事だと思いますし……」

「いまの段階で引っ掛かることがあるなら、先に修正しておいた方がいい」

「そうですね。私が気になるのは、花瓶がモチーフになってるってことです」

「えっ、どうして？　大事なモチーフだって編集者が言ってたよ。だから、カバーにしようと思ったんだけど」

「大事なモチーフであることは間違いないのですが、それを出しちゃうと、ネタバレになりませんか？」

「ネタバレ？」

「被害者がどうやって殺されたかを、カバーでばらしちゃうことになると思うし」

「それ、まずいの？」

「一応、ミステリ的な興味で話を引っ張りますから。それがカバーでネタバレとなると、興ざめですよね」

「そうなの？」

「ゲラ読んだ印象では、そう思います」

「えっ、ゆうべのうちにもう全部、読んだんだ」

さっき話したことは、やっぱり聞こえていなかったようだ。

「はい、すごくおもしろかったので、つい。おかげで寝不足ですが」

「そうなんだ。編集者との打ち合わせでは、ポイントになるものとして挙げられていたから、カバーでもいいかと思っていた」

「それに、もし花瓶を使うとしても、形が違います。そんなふうに丸い感じじゃなく、角ばっていて細かい模様が入っているんです。そういう点でも、ちょっと合わないんじゃないか、と思います」

それを聞いた青は、困惑したように唇を噛んだ。

「だったら、使えないね、このラフ」

ラフにはロゴのイメージも描かれていた。イメージは明確だ。ラフというより下描きに近い感じだったのかもしれない。

「編集者は何と言うか、わかりませんが……」

「ダメ、あの編集者、説明が下手過ぎる。抽象的すぎて、こっちのヒントになるようなアイデアはちっとも出してくれないし」

それは確かにそうだった。自分のイメージを語ってしまうとデザイナーに先入観を与えると思っているのか、それとも単に説明が下手なのか、だらだらしゃべる割には、実のある話はしていなかった。青自身もあまり質問するのが得意ではないので、話を盛り上げる方に誘導することはできていなかった。

「困ったな……」

「いままではどうしていたんですか？」

「前の事務所にいた時は、必ずボス……田中祥平が打ち合わせに参加して、いろいろ質問してくれていた」

ゲラを読まないで装丁を仕上げるためには、取材力が必須だ。うまく編集者からアイデアを引き出す力がいる。それで、田中祥平がフォローしていたのだろう。

「どうしたらいいかな……」

「あの、私だったら」

思わず言いかけて、でしゃばりすぎかも、と思い直し、めぐみは黙った。しかし、青は先を促す。

「めぐだったら？」

「その、過去の記憶のイメージをカバーに入れます」

「過去の記憶？」

「この小説、主人公がその昔住んでいた街が大きな役割を果たすんです。その時代の幸せな記憶、それを守るために主人公は殺人を犯すんです」

「ふうん」

「実際にその場所に主人公が行くわけじゃないんです。記憶の中の街の様子が、何度もイメージとして主人公の脳裏をよぎる。陰惨な描写の間にも、そこだけが闇夜の中の灯りのように主人公を温かく照らすんです」

「そのシーンどこ？　読んでみてくれないかな？」

「読む、ですか？」

「うん、目で文字を追うのは集中できないけど、人の朗読はちゃんと頭に入るから」

そういうものなのか。めぐみは半信半疑だったが、言われたようにゲラを取り出した。

「ちょっと待ってくださいね」

ぱらぱらとめくって、それらしい描写を探す。

めぐみは前半のクライマックスの部分を開き、朗読を始めた。

「そうそう、ここ」

「辺りは血に染まって真っ赤だった。健吾の顔が恐怖で歪み、目玉が飛び出るかというくらい大きく目は見開かれ、その口からごぼっ、ごぼっと血が噴き出てくる。

人ひとりからこれほどの血液が流れ出るものなのか。こんなに流れ出てしまったら、肉体の中には何も残らないのではないか。

生臭い匂いがむっと鼻をつく。むせ返るような匂いに耐え切れず、男は手で鼻を覆った。そうして、男は思う。

ほんとうにこれは血液なのだろうか。水を赤くインクで染めただけではないだろうか。そう、これは血ではない、水なのだ。湧き水の出る池なのだ。

男の脳裏に子どもの頃の光景が蘇る。

学校帰り、遠回りして友だちと池に出掛けた。そこは企業の研究所の広い敷地の中にある。武蔵野の雨が湧き水となってその池に集まるのだ。敷地は塀で囲われていたが、子どもたちは塀の裂け目の在り処を知っていた。欅や桜で作られるうっそうとした樹々の緑に守られ、その泉は忘れられた聖域のようにぽつんと存在していた。

水面は一見静かで動きがないように見えていたが、目を凝らすと微かな揺れが見えた。そこが、地下から湧き水が注ぎ込んでいる場所なのだ。湧き水はその場に長く留まることはなく、少しずつ少しずつ縁からこぼれ落ちていく。それが下流へと流れ込み、ほかの湧き水と合流して小川となる。

そう、水は流されなければいけないのだ。留まってはいけないのだ。留まっていては、淀み、腐っていく。

水は流れなければならない。血も流されなければいけない。

腐った血が、身体やこころを蝕んでいく前に。

血だまりは静かに広がっていく。男の靴先も赤い色に浸されはじめていた」

そこで一息ついて、めぐみは青を見た。

青は陶然として、こころここにあらず、という感じだ。

「青さん？」

めぐみが声を掛けると、青ははっと正気づいた。

「ありがとう。いまのでイメージが湧いた」

青は紙を取り出すと、鉛筆でイメージスケッチを始めた。ものすごい速さで鉛筆が動き、一枚目を仕上げた。それから、二枚目、三枚目と続ける。めぐみはあっけにとられてそれを見ている。

「そういうシーン、まだある？」

鉛筆を動かしながら、青が聞いた。

「はい？」

「そういう描写が出てくるシーン」

「はい。三度くらい繰り返されます」

「じゃあ、そこを読んでくれない？」

「わかりました」

そうして、めぐみはページをめくった。

めぐみが三つ目のシーンを読み終わると、青は顔を上げずに言った。

「ありがとう。もういいよ」

青はそのままスケッチを続けている。めぐみもゲラを置いて、自分の仕事に戻った。

青は二〇枚ほど描いたラフスケッチを並べ、その中から三枚を取り出して、じっと考えていた。めぐみは仕事の手を止めて、それを見ている。そうして青は一枚を選んだ。少年たちが林の中で鬼ごっこをしているイラストだ。それを左側に置いて、新しい紙に何か描き始めた。今度は本全体のイメージラフのようだ。

「これでいい」

青はつぶやくように言うと、脱力したように、身体を椅子の背もたれに投げ出した。

「見せていただいてもいいですか？」

その声で青は初めてめぐみの存在に気づいたような、不思議そうな顔をした。

「見たいの？」

「ええ、ぜひ」

青が黙ってラフを差し出した。

少年たちの遊ぶ姿が左上の吹き出しのような中に描かれている。記憶の中の光景、というイメージなのだろう。それ以外の部分はベタで塗り潰されていて「血のような黒っぽい赤」と注意書きがついている。中央に『風の記憶』というタイトル文字が入る。記憶の中の少年と、血まみれの現在を繋ぐように。

「いい感じですね。このラフだけで、小説の雰囲気が伝わってきます」

「イラストは松野《まつの》裕太《ゆうた》さんがいい。編集者には彼を推薦してみる。何度かお願いしたことがあるけど、こういうタイプのイラストは間違いない。カバーは光沢のある紙にするか、PP《ポリプロピレン》加工か、ちょっと迷っている。凹凸のある紙にPP貼るといいとは思うけど」

　ぶつぶつと青は自問自答している。

「この、イラストと地色の境目はどうするんですか？　イラストレーターにおまかせですか？」

「切り抜きにできないか、と思ってる」

「切り抜き？」

「少年時代の思い出は、本の表紙に印刷する。グリーンを基調にした、平和な感じ。カバーの左端を破いた感じに切って、その裂け目から過去が見えるというふうにしたい」

　印刷用語で言う表紙とは、カバーを取った本体の部分のことを言う。

「そうすると、カバーの左上をギザギザに切るということですか？」

「そういうこと」

「それは……すごい」

　カバーの一部を切断するデザインは、過去にもないわけではない。だが、それは円形だったり正方形だったり、決まったパターンだった。不規則な形で一部切れているというデザインは、めぐみは見たことがない。

「インパクト、あるでしょ？　これなら書店に並べても、絶対に目立つ」

「ほんとうに！　こんなデザイン、見たことない。これが実現したら、きっとすごい評判になる。さすが、青さんだと思います」

「だよね。きっと、著者も喜んでくれるね」

「はい、青さんならではのデザインだと思いますし。だけど」

「だけど？」

「印刷上は問題ないでしょうか？　こういう切り取り方をしたカバーって見たことないですし」

「できると思うよ。印刷って、たいていのことはできるって言うから」

けろっとして青が言う。

「それに、できるかどうか、まずは提案してみないと、発想が広がらないでしょ」

「確かにそうですね」

「じゃあ、このラフ、送ってみる」

「はい。なんて言われるか、楽しみですね」

青がデザインラフを送ると、その日のうちに折り返し編集部から電話が掛かって来た。

取り次いだめぐみも、どんな返事なのか、気になっている。

「はあ、はあ」

電話はかなり長く掛かった。その間、青はずっと無表情だ。採用か不採用か、青の表情からはわからない。青が電話を切ると、待ち構えていためぐみが質問した。

「どうでした？」

「ダメだって」

青はさばさばした口調で言う。

「編集者は気に入ったけど、上司にダメだと言われたってさ。印刷工程上、ああいうのは無理なんだって。巻き取りの機械に掛けられないらしい。でも、案はいいから、あの方向性を生かした形でイラストにしたいって。今度イラストレーターを交えて打ち合わせすることになった」

「一枚絵でやるんですか？　それだとあのデザインの良さは半減してしまうのに」

青のことなのに、なんだかめぐみの方ががっかりしてしまった。いいデザインだと思っていたのに。

「まあ、だいたいそうだよ。私が考えるデザインは実用的じゃないんだってさ。奇をてらうなって、前の事務所の先輩にもよく言われた。そういうつもりじゃないんだけどね」

「商業ベースに乗せるためには、制作の予算とか手間とかも考えなきゃいけませんものね。むしろ同人誌の方が凝った装丁をしていたりしますし」

美大時代の友人が漫画好きで、同人誌を作っていた。見せてもらったことがあるが、ホログラム箔を使ったり、小口に天金加工を施したりして、贅沢な作りになっていた。友人は『装丁で売り上げが変わるんだから、見栄えのするものにしたい』と言っていた。小ロットで、自分がスポンサーだからできることだが、商業デザインと比べても見劣りしないその高い完成度に、めぐみは内心舌を巻いた。

「ほんと、一度でいいから自分の想う通りの装丁をしてみたいけど、そんなうまい話はなかなかないね」

「実用性だけじゃ、デザインとして面白くないですよ。私はあのデザイン、好きです。作品の雰囲気にもあってるし」

青はめぐみの方をぱっと見た。その目ははっとするほど真摯だった。

「ありがとう。めぐがそう言ってくれると、嬉しい」

「ほんとに？」

「うん、だってめぐはパートナーだから」

パートナー。

その言葉は胸にずしんと響いた。

そう言ってもらえるのは嬉しい。だけど、まだ自分にはその資格がないと思う。その言葉にふさわしいほど、私は青さんと対等に仕事している訳ではない。自分のスキルが低すぎる。

だけど、せめて自分は青さんのいちばんの理解者でいたい。いま私にできるのは、それくらいだから。

翌日、めぐみはサガワ出版に出掛けた。表紙についての打ち合わせかたがた、資料を受け取りに行ったのだ。打ち合わせが終わって、会社のある建物を出ようとするところで、見知った顔に会った。

「よう、お久しぶり」

相手は、ヤマト印刷の営業部の難波《なんば》武志《たけし》だ。五〇代をとっくに超えたベテランで、デザイン室にもよく顔を出していた。印刷関係の生き字引みたいな人で、印刷についてわからないことがあると、みんな難波に教えを乞うていた。

「元気？　いまどうしているの？」

「小さなデザイン事務所にいます。『ヨガ的生活』の仕事をいただいたので、今日は打ち合わせに来たんですよ」

「そう、元気でよかった。せっかくだからお茶でも付き合わない？　三〇分だけ」

難波はビルの一階にある喫茶店の方を目線で示した。そこはサガワ出版の打ち合わせなどでよく使われる店だった。ランチタイムにはスパゲティやカレーを出す、ごくありふれた街の喫茶店だが、珈琲の味は評判がよかった。

「はい、少しだけなら」

店は空いていたので、窓際の席に向き合って座った。珈琲をふたつ注文すると、めぐみはバッグから名刺入れを取り出した。

「これ、私の名刺です」

「お、活版か。いい紙使っているね。ふうん、スタジオ・シエルっていうんだ」

「できたばかりのデザイン事務所なので、まだ無名ですけど」

「デザインの仕事が続けられてよかったね。急にデザイン室閉鎖だろ？　みんなどうするのかな、と心配してたんだ。神崎さんは独立したそうだけど、新藤さんはデザインやめちゃったみたいだし」

それからひとしきり前の会社の人たちの噂話で盛り上がった後、めぐみは尋ねてみた。

「あの、難波さん、教えてほしいんですけど」

「ん？　何か？」

「こういうデザインって、印刷では無理なんでしょうか？」

めぐみはペンと紙を出して、青のデザインラフを描いて見せた。つい最近ボツになったギザギザの切れ目の入るものである。

「こんな感じで切り抜いて、カバーの下の表紙の絵が見えるようにしたいんです」

「ん、大丈夫だよ」

難波はこともなげに言う。

「ほんとに？」

「仕掛け絵本とかに比べりゃ、どうってことないよ」

「それはそうですね。でも、巻き取りの機械に掛けられないと言われたそうですけど」

「トライオートか。確かにやってみないとわからないけど、いざとなれば手で巻けばいいだけのことだから」

「えっ、そうなんですね」

「これって、付録か何か？」

「いえ、文芸の単行本です。N木賞も狙えるような作品なので、凝ったデザインで、と頼まれたんですけど……」

「いざ、アイデアを出したら、印刷では不可能と言われたってことか」

「はい、担当編集者は気に入ってくれたんですが、上司の人にダメと言われたそうです。デザインしたのは私ではなく、私のパートナーなんですけど、納得がいかなくて」

「印刷上はできないことはない。問題は取次がこれを受けてくれるか、だな。こういうカバーだと破れやすいし、お客からもクレームが出やすい。取次は事故を恐れるからね」

取次というのは取次会社のこと。いわば本の問屋だ。出版社から本を仕入れて、全国の書店に配送する。本の流通の要になる。

「ああ、そういう問題もあるんですね」

「おそらくシュリンクを巻け、くらいは言われるだろうね。そうすれば、事故は起こらない」

「シュリンク巻くくらいなら簡単じゃないですか。だったら、このデザインでも可能なんですね。だったら、もう一度編集者に提案してみようかな」

めぐみはいきり立っていた。どうして「印刷上不可能」なんて編集者は言ったのだろう？ 印刷所の人に確認してないんじゃないだろうか。

「やめときなさい」

難波は苦笑を浮かべながら、頭を横に振った。

「編集者があれこれ言ったのは、デザインをボツにするための口実だよ。そう言えば、角が立たないだろ」

「断る口実？」

「上司がダメというのは、編集者が何かを断る常套手段だよ。上司を悪者にして、相手との関係を保とうとするんだ」

「そういうことだったんですね」

めぐみはがっかりした。めぐみには、編集者との駆け引きはあまり経験がない。だから額面通りに受け取ったが、青は知っていたのかもしれない。

「それに印刷上は可能でも、手間は掛かるし、お金も掛かるのは事実だ。このデザインは、それに見合うだけの効果はあるだろうか？」

「それは……私にはなんとも」

「これは賞狙いの作品だと言ったよね。もし、受賞したとしたら、緊急重版が掛かる。一刻も早く市場に本を送りたいからね。それなのに、こういうデザインだとしたらどうだろう？ 手間が掛かる分、市場に出すのも遅れるんじゃないか？」

めぐみは無言で口をぎゅっと引き結んだ。印刷に掛かるスピードを考えることも、デザインをする上で必要だ。そういう考え方に、初めて気づかされたのだ。

「シュリンクを巻くと簡単に言うけど、それだって経費は掛かる。それにシュリンクが巻かれると、お客さんは中身をチェックできない。本は衝動買いの多い商品だから、本屋の店頭で中身を確認できないってことは、販売戦略上は不利なんだよ。そういうことを全部考えたうえで、そのデザインにすべきかどうかを判断するのは、やはり編集者の領分だ。デザイナーではない」

「それは……そうですね」

いちいちもっともだ。クライアントは編集者だ。編集者がリスクを避けたいと思うのは当然のことだ。

パソコンで誰もがデザインをできる昨今、アマチュアでも凝ったデザインができる。プロが違うのは、制作費や印刷所の手間まで考慮したデザインを提案できるということだ。自分はそこまで考えたことはなかった。

うなだれためぐみを見て、難波はまた微笑んだ。

「だけどね、たまにそういう面倒が全部わかっていても、あえて冒険してみたい、と言われることはある。そういう仕事は、俺はなるべく引き受けるようにしている」

「どうしてですか？」

「難しいことをやると、こちらも勉強になるからね。なんとかクライアントの要望を実現しようとする過程で、新しい技術が生まれたりすることもある。……それにまあ、楽しいんだよ」

「楽しい？」

「新しいことに挑戦するってのは、わくわくする。同じような手堅い仕事ばっかりじゃ、飽きちゃうしさ」

難波さんみたいな年齢になっても、仕事の楽しさなんてことに動かされるのか、とめぐみは不思議な気がした。楽しいなんて感情的なことではなく、もっと粛々と仕事をしているのかと思っていたのだ。

「それにね、そういう面倒な仕事って、たいていクライアントから俺に直接相談が持ち掛けられるんだ。『ほかで断られて、難波さんだけが頼りなんです』とか言われるとさ、おべんちゃらだとわかっていても、なんとかしたいって思うじゃないか。俺の中の漢気《おとこぎ》ってやつが、こう、ふつふつと湧いてくるんだな」

今度はめぐみが微笑んだ。確かに、デザイン室の先輩たちも、何かあったら難波さん、と頼りにしていた。頼りがいのある人なのだ。

「だけどね、そういう仕事ってぇのは、中心になる編集者なりデザイナーなりが高い熱量を持ってないと成り立たない。ダメだったら責任は全部自分で引き受けます、ぐらいの気概を持ったやつがひとりは必要なんだ。その熱量が人を動かすんだよ」

「熱量、ですか」

『できればやりたい』くらいだと周りは動かない。リスクはあるし、コストも掛かるし、面倒だ。ふつうと違うことをやれば事故も起こりやすい。それが全部わかってても、よりよいものを作りたいと思うのは、ものを作る人間の根源的な衝動だ。その衝動に火を点けるのは人の熱意だ。それがなきゃ、新しいものなんて作れない。いい仕事をしたいと思っている人間なら、その熱意に感化されちゃうんじゃないかね」

「そういうものなんですね」

「そう、俺はもう年食っちゃっているから、この仕事はこうやればこうなるってぇのは、だいたい読めるんだよ。衝動なんてめったに起こらない。だからこそ、若い人のがむしゃらなエネルギーはまぶしく見えるのさ」

がむしゃらなエネルギーを自分は持っているだろうかと、めぐみは自問自答する。仕事をこなすだけで精一杯になっているのではないだろうか。

「もっとも、いまは情報が簡単に手に入るし、知識もあるからか、昔みたいにがむしゃらに突っ走るって若者は減ってるね。優秀だけどリスクを恐れるし、全体的に小粒。おかげで面倒な仕事は減っていて、それはそれでこっちも楽なんだけどね。……あ」

難波は腕に巻いた時計で時間を確認する。

「しまった、もうとっくに三〇分過ぎている。年寄りはダメだね、ついしゃべり過ぎて。つきあわせて悪かった。じゃあ、ここは俺のおごりで」

「でも、それは……」

いろいろ教えてもらったのは自分の方だ。おごってもらうのは悪い。

「いいんだよ、お茶代なんて安いもんだ。それに、年寄りがおごるって言ってる時は、若い子は素直に『ありがとうございます』と言っときゃいいんだ。それで年寄りを気持ちよくさせてやった、って思えばいいんだよ」

「そうですか、じゃあ、お言葉に甘えて。ごちそうさまでした」

「そうそう。それでいい」

そうして、難波は喫茶店代を支払うと、領収書を貰うことなく立ち去った。めぐみも軽やかな気持ちでお店を後にした。

12

青が引き受けた仕事が終わる頃には、めぐみの『ヨガ的生活』の仕事は忙しさの山陽にあった。リニューアルと言った以上、全ページのデザインを見直さなければならない。デザインを作るだけでなく、文字の流し込みや修正などのオペレーター的な仕事もやることになっている。こちらはデザインを作るのとはまた別の集中力が必要になる。ページごとに進度が違うので、あるページはまだデザインラフが届いていないのに、別のページでは文字の修正依頼が届いたりする。混乱しないように、進行管理するのも大変だ。

青さんには頼れない。これは自分の仕事。青さんを差し置いて指名された仕事なんだから、ひとりで頑張らなきゃ。青さんをサブになんてできないし、そもそもこれくらいこなすデザイナーなんて、ごまんといるんだし。

初めての大役ということで、めぐみは気負っていた。

職住近接をいいことに、めぐみはほとんどの時間を職場で過ごした。青の方は逆に暇そうにしていて、就業時間となっている一〇時から六時の間でも、ふらふらと部屋の外に出て行ってしまう。昼時や夕食時になると現れ、近所で買ったトッポギやチヂミ、キンパ、豚バラ焼肉のサムギョプサルなどを持って来て「一緒に食べよう」と、言う。それはとてもありがたかった。そうでなければ、カップ麺か何かで適当に済ませてしまうところだ。

食事の支度の時間は削っても、どうしても削れないのが胡桃との散歩だった。トイレは外派なので、朝晩二回の散歩は欠かせない。朝は九時頃、夜は事務所で青が買って来たお弁当を食べ終わった八時頃、いったん帰宅して胡桃を散歩に連れ行く。その後も事務所に戻って仕事を続けるので、ついつい散歩は短めになってしまう。部屋で遊ぶ時間も少ないので、胡桃には物足りないだろう。

「ごめん、ちょっと我慢して。あと二週間くらいでこの仕事終わるから。そうしたら、ドッグランに連れて行って、思いっきり走らせてあげるから」

意味が通じているかいないかはわからなかったが、胡桃は不満そうに首を傾げた。

そんなある日、夜の一二時をまわった頃、めぐみは部屋に戻った。その日の午後、終わったと思っていた巻頭特集のデザインに、文字量の間違いが発覚したのだ。編集者の指定ミスが原因だったが、それを追及しても仕方ない。一刻も早く修正する必要があった。食事も摂らず仕事をして、夜の一一時過ぎに直しが終わった。編集者にも確認してもらってOKが出たので、ようやく帰宅できたのだ。

扉を開けた途端、暗闇から胡桃が待ちかねたように抱きついてきた。ぺろぺろとめぐみの顔を舐める。めぐみはほおっと溜め息を吐いた。緊張した数時間を過ごしていたので、やっと解放された気分だった。

「ごめん、遅くなったね」

ライトを点けた途端、めぐみは「あっ」と声を上げた。部屋の中が荒れている。ゴミ箱が倒れて中身がこぼれ、部屋中にティッシュが散乱している。どうやったのかソファも倒れていて、脚に噛みついた痕がある。

胡桃のしわざだ。

思わずめぐみは「ばかっ」と叫んで、胡桃の頭をこつんと叩いた。

「ダメじゃない！　こんなことをしたら」

くうん。

胡桃が寂しそうに声を出す。滅多に声を出さない胡桃が。

「ちゃんとお留守番しないとダメだよ。ここの家は借り物だし、家具だって借りたものだし、胡桃がいい仔でお留守番してないと、ここに住めなくなるよ」

くうん、くうん。

抗議するように胡桃は声を立てながら、めぐみの手をぺろぺろ舐める。自分の頭を叩いた手を。それを見ていると、めぐみは急に罪悪感が浮かんで来た。

「ごめん、寂しかったんだね」

めぐみは屈みこんで胡桃の首を抱いた。胡桃はめぐみの頬を舐める。

「ごめんね。胡桃をひとりにしておいた私が悪かったね。ずっと部屋の中じゃ退屈だよね。もっと散歩したり、ほかの仔とじゃれたりしたかったよね。ごめんね」

言葉のない犬には計算はない。寂しい、退屈だ、という気持ちを伝えるには、こうして部屋を荒らすしかできないのだ。そもそも部屋に閉じ込めたのは、人間の勝手な都合なのに。

「ごめん、ほんとうにごめん」

胡桃はなおもめぐみの頬を舐め続ける。その温かい舌の感触が悲しかった。


翌朝、早朝の散歩を終えると、胡桃を連れたまま母屋の方に行き、チャイムを鳴らした。一度自分の部屋に戻ると、決意が鈍ると思ったのだ。

部屋を安く借りているだけでも大変な厚意なのに、このうえ犬のことでお願いをするのは気が引ける。図々しいやつ、と思われないだろうか。青さんが機嫌を悪くして、犬を追い出せと言ったらどうしよう。そんなことを考えていると、言い出す勇気が無くなってしまう。

　すぐに玄関は開いた。

「あれ、めぐ？　なんで呼び鈴なんか鳴らすの？」

　青は起きたばかりなのか、まだ眠そうな顔だ。

「あの、この仔のことでご相談があって」

「どういうこと？」

「あの、ここのところ散歩もちゃんと行けていなくて、退屈しているみたいなんです。ゆうべも私の帰りが遅かったものですから、部屋を荒らしたりしていて。あの、それで家具を噛んだりして、あの、元からあったソファなんですけど。申し訳ありません」

「そんなことはいいよ。どうせ捨てるつもりだったんだし」

「ありがとうございます。ですが、このままじゃいけないと思って、いろいろ考えたんです」

　胡桃がくうんと鳴いた。それでめぐみはちょっと勇気が出た。

「あの、たいへん申し訳ないんですが、この仔、昼間は庭の方に出しておいてもいいでしょうか？　裏庭のところだったら、仕事している私の姿も窓越しに見えるし、長めのリードにすれば、庭の中を歩き回ることもできるし。ふだんはおとなしい仔なので、吠えたりしてご迷惑をおかけすることはありません。ご近所迷惑にもならないと思いますので、どうか、お願いします」

めぐみは深々と頭を下げた。青は首を傾げる。

「だけど、外飼いはよくないんでしょ？　うちの庭、ろくに手入れしていないから、やぶ蚊も多いよ。フィラリアに感染するリスクも高い」

「ですけど、家にいても退屈するし」

「だったら、こっちに連れてくれば？」

「はっ？」

「うちは広いし、犬一匹うろうろしても全然余裕あるし。めぐと一緒にいられれば、この仔も安心でしょ？」

つまり、仕事場に犬を連れて来てもいい、ということだ。

「そんなこと、ほんとにいいんですか？」

にわかには信じられない。職場に子ども連れで行くというのはあっても、ペット連れで行くというのは聞いたことがない。

「いいも悪いも私たちの仕事場なんだから、私たちがいいと言えばそれでいいんだよ」

青は拍子抜けするほどあっさり言う。

「うちの猫たちとうまくやれるかが問題だけど、嫌ならやつら、二階に避難するだろうから、大丈夫だと思うよ」

「ほんとに……いいんですね？」

「いいんじゃない？　めぐもそっちの方がいいんでしょ」

「はい、もちろん」

「だったら、そうしようよ。猫がいるなら犬もOK、それがうちのルール」

「ありがとうございます。ほんとに、なんて言ったらいいのか」

「じゃあ、中に入りなよ」

青に言われて、めぐみは胡桃と一緒に中に入る。こういう時、靴のまま上がれるこの家は便利だ。胡桃は不安そうにめぐみの横にぴたっとついている。

「ここが、私の仕事場だよ」

自分の机のところに来ると、めぐみはリードの先を自分の椅子のところに引っ掛けた。

「リード、外したら？」

「いいんですか？」

「部屋にいる時は、外してるんでしょ？」

「そうですけど。……あ、ちょっと待っててください」

めぐみは自分の部屋に行くと、胡桃がいつも座っているマットを持ち、急いで仕事場に戻った。

「これがあれば、大丈夫だよね。ここでじっとしてるんだよ」

マットをめぐみの机の横に置き、リードを外した。胡桃はちょっと不安そうだったが、おずおずとマットに近寄り、身体を埋めた。そこに猫のクロが部屋に入って来た。クロは驚いて胡桃をみつめたまま固まっている。胡桃も立ち上がったが、めぐみが「ダメ」と言うと、素直にマットの中に座り直した。それを見たクロは、踵《きびす》を返して奥の方に戻って行った。青は、猫が出て行った扉をぱたんと閉めた。

「よし、よし。これでめぐも安心して仕事できるね」

「はい、ありがとうございます」

「ところでさ、なんで昨日はそんなに遅くなったの？」

前日の午後はほとんど外に出ていたので、トラブルがあったことを青は知らないのだ。めぐみはことの経緯を簡単に説明する。

「ふうん。前から思っていたけど、どうしてめぐはひとりだけで雑誌の仕事をしているの？」

「それは……これは自分の仕事だと思っていたし。青さんに文字修正を頼むわけにはいかないし」

「どうして？」

「青さん、オペレーターみたいな仕事は面倒だって言ってたし」

「面倒だけど、やらないとは言ってないよ。スタジオ・シエルで受けた仕事だから、めぐが潰れたらどのみち私がやることになるし。だったら、先に分担しておいた方がいいでしょ？」

「それはそうですけど、これくらい自分でできないと」

「だけど、犬もいるんだから、そうも言ってられないよ。それに、私の方も暇なのにはそろそろ飽きた」

飽きた、というのは、照れ隠しの言い訳だろう。手伝うと素直に言えなくて、そんな言い方をするのだ、とめぐみは思った。

「めぐがいつ自分から『助けて』と言い出すか、と思って待っていたんだけど、ちっとも言わないしね。こっちは暇だよ、ってアピールしてるのに、全然無視するし」

「あ、あれはそういうことだったんですか。でも、そう思ってるなら、青さんの方から『手伝うよ』と言ってくだされば よかったのに」

「だって、めぐの仕事だもん、私の方から言い出すのはおかしくない？」

「そんなことないですよ。むしろ、私の方が青さんに頼むのはおこがましいし」

「おこがましい？　どうして？」

「だって、私は青さんに雇われていますから。雇用主の青さんにあれこれ注文はできないですよ」

「そうか、そういうもんか」

青は神妙な顔になった。めぐみは吹き出しそうになった。この人は時々ズレたことを言う。

「まあ、それでもいいや。私、手伝うから、今日やる分を渡してくれる？」

「はい。じゃあ、お願いします」

めぐみは仕事机のところに山積みになったゲラの中から、青に渡すものを物色しはじめた。机の横の胡桃が、何をしているのだろう、というようにめぐみの様子をじっとみつめていた。

『ヨガ的生活』の仕事は無事に終わった。後半は青も文字修正をやってくれたので、進度が早まった。だが、デザインを起こす部分については、青はやろうとしなかった。自分はあくまでめぐみの手伝いという姿勢を崩さなかったのだ。

青の助力のおかげで忙しい時期を乗り越え、ついに雑誌が完成した。見本が届く日、めぐみは朝からそわそわと落ち着かなかった。郵便受けに何度も足を運んで、届くのを心待ちにしていた。

「あれ、郵便届いたんじゃない？　バイクの音がしたよ」

先に気づいたのは青だった。めぐみには音が聞こえなかったが、郵便受けを覗いてみた。

「あった！」

荷物を両手で抱きかかえるようにして、部屋に戻る。封を切り、中から見本誌を取り出す。両手で雑誌を持ち、腕をいっぱいに伸ばして表紙を見た。ヨガのポーズを取ったモデルが、紙面から笑顔を向けている。

うん、大丈夫だ。この表紙なら店頭でも目立つ。

そうして、そっとページをめくった。見開きごとに、飛び込んでくる紙面の印象を確認しながら、これまでのやり取りを思い出す。

このページ、写真が最後まで入らなくて大変だった。こっちのキャッチも、ぎりぎりで変更することになって、やり直しをしたんだっけ。ああ、この写真、もうちょっと大きくしてもよかったかな。

やりきったというページもあれば、もうちょっと頑張りたかった、と思うところもある。だが、ロゴを除けば全部自分がデザインした本なのだ。めぐみは誇らしい気持ちでいっぱいになった。

そして、最終ページを開いて奥付を見た時、思わず「あっ」と、声を上げた。奥付のところに「アート・ディレクター　赤池めぐみ（スタジオ・シエル）」と肩書が入っていたのだ。

奥付は、著者名、発行所、発行年月日などを記載した部分で、一般に流通する書物には必ず付いている。雑誌の場合はそれに加えて編集責任者や関わったスタッフの名前も掲載するのが一般的だ。だが、めぐみ自身はこれまで会社員だったので、やった仕事は「サガワ出版デザイン室」とクレジットされるだけだった。個人名で載るのは初めてだ。しかも、アート・ディレクターという肩書までもらえるとは。

だが、校了の段階では、ここにアート・ディレクターという肩書は入ってなかったはずだ。デザイン　赤池めぐみ（スタジオ・シエル）桐生青（スタジオ・シエル）と並記されていたのを確認している。自分の名前を先にしてもらっただけでも、ありがたいと思っていた。それなのに、なぜ？

『ああ、あれね。校了の時に、桐生さんから電話を貰ったの。アート・ディレクターとして赤池さんの名前を入れてくれないかって。奥付の直しのデータも送ってもらったのよ』

電話で説明を求めためぐみに、今井はこともなげに言った。

「えっ、本当ですか？」

驚いてめぐみは青の方を見た。青は胡桃の傍に座って、胡桃の鼻先に猫じゃらしを差し出して、揺らしている。胡桃は不思議そうにそれを見ている。

『今回は赤池さんが頑張ってくれたし、出来上がりもよかったから、編集部として異論はない。それで、言われた通りに直したのよ。知らなかった？』

「はい、桐生からは全然聞いてなくて」

『あなたへのサプライズだったのかしら？　でも、パートナー思いで素敵じゃない？』

「ですが、私、ロゴのデザインはやってないですし」

アート・ディレクターと言うなら、ほんとうはそこまでやっていないと名乗る権利はないんじゃないだろうか、とめぐみは思う。

『んー、そんなに固く考えなくていいんじゃない？　中身のデザインを一新したのは赤池さんだし、桐生さんとどっちがアート・ディレクターかといったら、やっぱり赤池さんでいいと思うのよ』

「ありがとうございます。そう言っていただけると、ほんと、嬉しいです」

『ともあれ、今回はお疲れさま。次号もまたお願いね。次はもうちょっとゆとりのあるスケジュールを組むから』

「ありがとうございます！」

めぐみは嬉しかった。アート・ディレクターとして名前が載ったことも、青が推薦してくれたことも、また仕事が貰えるというのも。こんなに嬉しいと思うことは、社会に出てからは初めてのことかもしれない。

「あの、ありがとうございます」

電話を切ると、めぐみは青にお礼を言った。電話の間中、青は不自然なくらい聞こえないふりをして、胡桃とじゃれていた。

「なんのこと？」

ぶっきらぼうに青は返事をする。自分には関係ない、と言わんばかりに。

「編集部に、私のことをアート・ディレクターって載せてくれ、と言ってくださったんでしょう？」

「ああ、そのこと。だって、それがほんとのことでしょ？　ロゴ以外、私は文字修正しかしてないのに、私がアート・ディレクターと思われても困るし」

青さんらしい、とめぐみは思った。褒められそうになると照れて、ひねくれた返事をするのだ。

「でも、嬉しかったんです。ありがとうございます。この事務所に来て、ほんとうによかった、と思います」

めぐみが頭を下げると、青は慌てたように言う。

「そんなことより、お昼どうしよう？　今日は時間があるから、外に食べに行く？」

露骨に話を逸らそうとする青を見て、めぐみは笑みがこぼれた。

「いいですね。最近近くにサムギョプサルの美味しい店ができたそうです。野菜もたくさん摂れるらしいんで、そこに行ってみませんか？」

「いいね、そこにしよう。じゃあ、支度してくる」

そう言って、青はバタバタと部屋を出て行った。胡桃は何事か、というように、その背中をじっと見ていた。

13

『雑誌、届いたよ』

田舎の両親から電話が掛かって来た。めぐみは出たばかりの『ヨガ的生活』を購入して、両親に送ったのだ。

『会社ば辞めたと聞いとったけん、どげんなるか心配しとったばってん、すごかー。こげん立派な雑誌に名前が載っとるとー。とうさんは嬉しか』

「ありがとう」

『本家の悟《さとる》おじさんにも見せたった。おじさん、目を丸くしとったとよ』

「そんな大げさな」

親は手放しで喜んでくれる。それがとても嬉しい。大学を卒業しても東京に残ったことを、両親が心配していたのを知っている。リストラにあった時もすぐには報告できず、事務所に就職が決まるまで言えなかった。報告すると、今度は『そんな小さいところで大丈夫か』と心配する。そんなふうに親を心配させるばかりだったので、よい報告ができるのはすごく嬉しいし、誇らしい。

『めぐみ？　ほんと、よかったねー。めぐみ、頑張った甲斐があったね』

電話の声は母に替わった。

「うん、今回はちょっと頑張った」

『今度巨峰ば送るわ。今年の葡萄は出来がよかけん』

「そんなにたくさんはいらんよ。事務所はふたりしかおらんし」

『ほかにも、世話になった人はおらんと？　この際、お礼ばしとかんと』

「それはそうだけど、ずっと事務所の中で仕事しとるから、あんまり人とは会わんとよ。果物はすぐ食べんともったいないなか。ほんと、少しでよか」

そう忠告しても、やっぱり母は巨峰を五箱も送って来た。「世話になった人に差し上げなさい」という手紙と共に。

やっぱりね、と思いながらも微笑みが浮かぶ。

ずっと心配していただろうし、親戚にも「めぐみはまだ結婚もしないのか」と、嫌みを言われていたのは想像に難くない。田舎では、子どもの結婚は大きな関心事なのだ。だから、嬉しいのだ。私の仕事ぶりを知ることができて。娘のことを周りにも自慢したいのだ。葡萄は、父の従兄弟がやっている葡萄農園から送られている。父は私のことを話したくて、わざわざ従兄弟の家まで出掛けて注文したのだろう。

親バカだな。まだデザイナーとしては駆け出しにすぎないのに。

めぐみはうるんだ目で葡萄の箱を何度も撫でていた。

せっかくの葡萄なので、まわりの人におすそ分けをすることにした。それが親の願いでもあるし、どちらにしてもひとりでは食べ切れない。田舎では何かというと近所の人におすそ分けをしていた。東京にはあまりない文化だけど、葡萄ならば食べやすいし、分けやすいから大丈夫だろう、と思った。サガワ出版にひと箱届け、友人たちに小分けして配った。上等な葡萄なので、どこでも歓迎された。もちろん事務所にも持って行った。

「青さん、葡萄お好きですか?」

「葡萄? どうして?」

青は新しい仕事に掛かっている。前に手掛けた単行本の評判がよくて、ぽつぽつと依頼が来ているのだ。

「これ、田舎から送って来たんです。よければ貰ってください」

「田舎って、めぐの親ってこと？」

「はい。佐賀に住んでるんです。でも、うちは兼業農家で大した農作物は作ってなくて、これは、父の従兄弟の葡萄農園のものなんです。わりと評判いいんですよ」

「なんでわざわざ？」

青は少し不機嫌そうだった。

「実は、『ヨガ的生活』を送ったんです。そしたら、私の名前が載っていたでしょう？　あんな風に名前が載るのは初めてだったので、うちの親がはしゃいじゃって。それで、これ送って来たんです。世話になった人に分けなさいって」

そう言って、箱ごと葡萄を差し出した。

「そんなに、食べられないよ。葡萄そんなに好きじゃないし」

青はパソコンを見たまま、めぐみの方を向こうともしない。お礼も言わない。

何か、気に障ることがあったのだろうか。

仕事の集中を乱されたので、いらだっているのだろうか。

受け取られなかった葡萄の箱を持ったまま、めぐみは青の横に呆然と立っていた。

「……ともかく、冷蔵庫に置いておきますね」

そう言って、部屋の外に出た。廊下にはキジトラのタマがいた。タマは何かくれ、と言うように足元にまとわりついて、みゃあ、と一声鳴いた。

その後も、青は葡萄に手を付ける気配がなかった。仕方ないので昼食や夕食を作った時、いっしょに器に盛って出すと、思い出したようにがつがつ食べる。葡萄が嫌いというわけでもなさそうだ。めぐみの気持ちは曇ったが、文句を言うほどのことでもないので、黙っていた。ただでさえ少なかった会話が、ますます弾まなくなった。

それ以来、青の態度が変わったような感じがめぐみにはした。話し掛ければ返事をするし、質問にも答えてくれる。用のある時は青の方から話し掛けてもくる。だけど、オープンだったふたりの間に一枚薄紙が挟まれたような、そんな微妙な感じだ。

何が原因かわからないので、めぐみは困惑している。仕事に支障があるわけではないが、たったふたりだけの仕事場なので、打ち解けられないのは気が重い。

いつもの気まぐれかな。時間が経てば、またもとに戻るのかな。

それでも、胡桃に対して青はどんどん打ち解けている。朝胡桃を連れて行くと、待ちかねたように「おはよう」と言って、胡桃を撫でまわす。馬肉の干物だのなんだの、ネットで買った高価なおやつを与える。胡桃もすっかり覚えて、毎朝青の顔を見ると、抱きついて喜んでいる。

胡桃と対している時の青は、前と変わらず、いや、前以上にリラックスした顔をしている。だが、めぐみに顔を向けた途端、冷ややかな顔で「おはよう」と、めぐみの目を見ずに言う。心中穏やかではないが、これと言って嫌がらせをされるわけでもないので、めぐみは平静を装って「おはようございます」と、答えていた。

そんなある日、また前の会社の上司だった宇野から連絡が来た。

『見たわよ「ヨガ的生活」。すごくよかったわ』

「ありがとうございます」

『それでね、それを見た別の編集部から、おたくに仕事を頼みたいと言われたの』

「嬉しいです。今度は何を」

仕事が仕事を呼んでくる。喜ばしい連鎖だ。

『あのね、「健康な生活」に連載している「朝活の日々」ってコラムがあるの。筆者はタレントの野村《のむら》かおる子。それを一冊にまとめることになってね。それをそちらにお願いしたいと思って』

「じゃあ、単行本のお仕事ですか?」

『ええ。著者は顔も売れているから、カバーは写真で。中にも口絵を一折つけるけど、本文は流し込み。そういうお仕事。芸能関係は面倒なことも多いし、どうかな、とは思うんだけど、編集者から聞いてほしいと頼まれたので、一応』

どことなく、歯切れの悪い口調だ。だが、自分を指名してくれたことが嬉しくて、めぐみは気にならない。

「ありがとうございます。喜んでお受けします!」

『じゃあ、編集部の方に伝えておく。後で連絡させるから、詳しい話はそちらと直接やってね』

「はい、連絡お待ちしています」

電話を切ると、めぐみは青に向かって言う。

「またサガワ出版から仕事の依頼です」

「今度はどんな？」

「えっと、健康雑誌に連載した『朝活の日々』というコラムだそうです。タレントの野村かおる子ってご存じですよね？　女優だけど、クイズ番組にもよく出ている」

「知らない」

「頭の回転の速い人なので、たぶんコラムも面白いと思います。売れそうな本です」

「タレント本なんて、ほとんどはゴーストライターの仕事なんだよ。ファンの目当てはカバーと中の写真。写真さえよければ、デザインなんて誰も気にしないよ」

仕事が来た高揚感をぶち壊すような言い方だ。めぐみは思わず言い返した。

「だったら、この仕事、お断りした方がいいってことですか？」

尖った声が出た。どんな仕事でも、向こうからやってほしいと言ってくれるのだ。ありがたいではないか。

「私はやらない」

「じゃあ、私がやります。ですから、引き受けてもいいですよね？」

「めぐがいいならいいんじゃない？　ふたりでやってる事務所なんだから、どっちかがやりたければ、その仕事は受けてもいいんだよ」

そういう言い方をされると、逆に勝手にしろ、と言われているようだ。

「わかりました。そういうことでしたら、この仕事はお受けします」

なんとなく、むしゃくしゃした気持ちでめぐみは宣言した。


しかし、思っていたよりその仕事は大変だった。とにかく修正が多い。編集部がＯＫを出しても、そのあとでタレントや事務所から何度もクレームが入る。とくにカバーの写真については、注文が多かった。写真が決まるまでに二転三転あったうえに、顔色を明るくしろとか、皺を消せとか、唇の形をきれいにしろといった修正を頼まれた。ようやくＯＫが出た写真は、最初のものとは別人のようだ。デザインについても要求が多い。ロゴの色を何度も修正させられたが、結局決まったのは最初にめぐみが提案した色だった。

本文についても、一度連載したものをまとめたものだから直しは少ないだろうと思っていたが、いろいろ細かく書き足しや修正が行われた。雑誌ほどの仕事量ではないので、めぐみひとりで対応はできたが、一度修正したものを二度三度直されると、さすがに気持ちが挫かれる。編集者が調整してくれず、相手の言う通りに伝言してくるから、よけい混乱するのだ。しかも、一週間返事が来ないのでＯＫなのかと思っていたら、いきなり夜の七時に直しの依頼が来て、翌朝九時までに修正しろ、と言われたりする。ほかの仕事を抱えていなかったから対応できたが、もし別の仕事と並行していたら、とてもきつかっただろう。

青には、そんなに何回も直すのは非効率的だし、時間給ではなく出来高払いなんだから、やればやるだけ損だ、と注意された。

「そんなに真面目につきあう必要はないよ。デザインの事なんかわからずに、思いつきを言ってるだけ。デザイナーに注文つけることで、仕事をしている気になっているんだよ。直しは二回まで。それ以上は追加料金を取る、と言ったら、きっと直しが減るよ」

その通りだと思うが、駆け出しの自分がそれを口にできるわけがない。

「芸能人って、こだわりが強いんですね。正直これだけ直しが入ると、こちらもつらいです」

何度目かの修正の時、めぐみは編集者の大野秀樹《おおのひでき》にそれとなく訴える。

「イメージ商売だからねえ。ちょっとでもよく見せたいんだよ。若くて可愛い子ならともかく、もう三〇過ぎのおばさんだし、直しても限界はあるってのに」

修正の連続で、編集者も音を上げているので、ここぞとばかりにタレントの悪口を言う。めぐみの意図は全然通じていない。

それに三〇過ぎのおばさんって言い方、ちょっと嫌だな。年を取ったら取っただけの良さだってあるのに。大野さんも確か三〇歳超えているはずなのに、三〇過ぎのおじさんって言われたらどう思うだろう。

黙って編集者の言うことを聞きながら、めぐみは不快な気持ちを拭えない。

「タレントとも結構仕事したけど、野村かおる子みたいに面倒なのはあまりないよ。超売れっ子ってわけでもないのにさ。連載の時に担当していたデザイナーはタレントものには慣れてるんだけど、彼女とは二度と仕事をやりたくない、って言ってたくらいだから」

それを聞いて、めぐみは愕然とした。

そういうことだったのか。本来、連載を担当したデザイナーが引き受けるべき仕事なのに、こちらに回ってきたのはそういう理由があったからなんだ。

駆け出しのデザイン事務所なら事情も知らないし、仕事も少ないから引き受けるだろう、と足元を見られたのだろうか。向こうの理不尽な言い分にも、黙って耐えると思われたのだろうか。もはや何度目かわからないカバーの修正をしながら、めぐみの気持ちは萎えていった。

だが、どんな仕事にも終わりはある。ようやく校了した時には、安堵感より解放感が強かった。

もう、編集者からのメールに溜め息を吐かずに済む。無意味な修正を繰り返さなくても済む。

「大変でしたね。見本ができたら打ち上げしましょう」

と、編集者の大野には言われたが、当分彼の顔も見たくはない。つらかった仕事の想い出が蘇るからだ。大野は自分を味方だと思ってくれたのか、ぶっちゃけた口調でいろいろ仕事の愚痴をこぼしていた。それはタレントへの不満だけでなく、上司や会社の悪口にも飛び火した。めぐみが元は同僚だったことを知っているので、話が通じやすいと思ったのだろう。クライアントなので黙って聞いていたが、それにも辟易していた。

自分は愚痴のはけ口じゃない。ただの仕事相手だ。この人は何を勘違いしているのだろう。ひとの悪口聞くだけで、こっちはエネルギー奪われるっていうのに。

仕事が全部終わると、めぐみは青に告げた。

「あの、サガワ出版の単行本の仕事、終わりました。いろいろお騒がせしました」

「そう」

あいかわらず素っ気ない。その表情を見て、この仕事を引き受けたことを後悔している、という言葉を、めぐみはかろうじて呑み込んだ。

それでも、私が取ってきた仕事と言えるし、事務所にも売り上げで貢献できたから、まあ、いいか。

青の方はまた単行本の仕事がくるようになっていた。装丁を手掛けた『風の記憶』がベストセラーになり、N木賞の候補になったので、注目されているのだ。これで受賞が決まったら、ますます仕事は増えるだろう。本が売れるとそれを手掛けたデザイナーも売れる。売れている本のデザインにあやかろうという編集者も多いからだ。

「じゃあ、手が空いた？」

「え、はい。来週くらいから『ヨガ的生活』が入りそうですが、いまは手すきです」

「だったら、これ読んでくれない？」

青は手元に置いていたゲラをめぐみに渡した。そういえば、ここ最近、青はそのゲラを眺めているようだった。

「これは？」

「編集者に言わせるとすごい傑作なんだそうだけど、内容がよくわからない。編集者の説明が下手」

表書きにある著者名と版元を見た。純文学の有名な作家で、版元も文芸の大手だ。

「私の感想が聞きたいってことですか？」

「そういうこと」

ぶっきらぼうに青が返事した。

「いいですけど、純文学だと解釈が難しいです。私の読解力で理解できるかどうか」

「印象に残ったところを、読んでくれればいい」

一瞬戸惑ったが、めぐみはその意味をすぐに理解した。『風の記憶』でうまくいったやり方を、また試したいのだろう。

「わかりました。これも仕事のうちだから、就業時間中に読んでもかまわないですね？」

「できれば急ぎで」

素っ気ない言い方だったが、青としたらここしばらく続いたぎくしゃくを、これで終わりにしたいということかもしれない、とめぐみは思った。

「はい、じゃあいまから読みますね」

「よろしく」

やはり素っ気ないけれど、青の顔に安堵の色が浮かんだのを、めぐみは見逃さなかった。思わず浮かんでくる微笑を押し殺しながら、めぐみはゲラを読み始めた。

14

数日後、編集者の大野からメールが来た。

――先日はお疲れさまでした。いろいろお手数をお掛けしましたが、無事見本ができました。それをお渡しかたがた、せっかくですから、打ち上げをしましょう。来週の金曜日あたりいかがでしょう？　管理課の宇野さんにも声を掛けてみます。

それを見てめぐみは、大野が自分ひとりじゃ来にくいだろう、と気遣ってくれたのだと思った。

――ありがとうございます。宇野さんも一緒なら、にぎやかな会になりそうですね。来週の金曜日なら大丈夫です。

すると、すぐに返信が来た。

――では、金曜日、市ヶ谷の『レストラン・セン』でお待ちします。メールで店の住所を送りますね。

めぐみも返信した。

——ありがとうございます。金曜日、楽しみにしています。

そう書いたものの、めぐみの胸にかすかな不安が過ぎる。『レストラン・セン』という店の名前は聞いたことがあった。よく編集者が著者の接待に使うフレンチ・レストランだ。ミシュランにも紹介されるような有名店でもある。予約を取るのも難しいらしい。

デザイナーとの打ち上げに、そんな店を使うのかな。安い洋風居酒屋か何かを指定するかと思ったのに。なんか、嫌な予感がする。

「この前のゲラの件だけどさ。編集者が打ち合わせに来るんで、めぐみも立ち会わない？」

ふいに青が話し掛けてきた。

「え、ああ、いいんですか？」

「うん。ひとりで聞くより、ふたりの方がいいと思って。……どうかしたの？」

めぐみが浮かない顔をしているのに気づいたのだろう。青はそういうところには敏感だった。

「いいえ、たぶん私の気の回し過ぎだとは思うんですが」

めぐみはざっと理由を話した。

「宇野さんと一緒なら、大丈夫だと思いますが……」

「ダメだよ、そんなの。大野ってやつ、めぐを狙ってるんだよ。宇野さんという人はダシに使われただけで、きっと行かないよ」

「そうでしょうか。考え過ぎかとも思ったんですけど」

「いるんだよ、そういうやつ。打ち上げとか言って仕事相手を呼び出し、会社の交際費で口説くやつ。こっちが仕事受ける立場だと、断りにくいと思ってるんだよね。最低だよ」

吐き捨てるように青が言う。

「だけど、証拠もないし、むやみに疑うのも悪いと思うし……」

「私の言うことが信じられないと言うなら、宇野さんに確かめてみれば？」

「えっ？」

「宇野さんとは連絡つくんでしょ？」

「そうだけど……。わざわざ確かめるなんて、失礼じゃないでしょうか？」

「失礼も何も、もし、私の考えている通りだったら、めぐが嫌な思いするかもしれないよ。それでもいいの？」

「それはそうですけど……」

「めぐが嫌なら、私が確かめる」

青は本気のようで、事務所の電話の受話器を取り上げて、プッシュボタンを押した。

「だったら、私が聞きます。私へのお誘いだし」

めぐみは、青の持っている受話器を奪い取るようにして耳にあてた。

『はい、サガワ出版、管理課です』

「お世話になっております、スタジオ・シエルの赤池と申します。宇野さんは」

いらっしゃいますか、と言う前に相手が返事した。

『赤池さん？　宇野です』

いきなり目的の相手が出た。なんと言おうかと迷っているうちに、相手がしゃべりだす。

『この前はお疲れさま。大変だったみたいね。ごめんね、その分、ちゃんとデザイン料に上乗せするように、編集者には言っておいたから。……そうだ、大野の方からまだデザイン料の申請が出ていなかった。電話くれたの、その件だよね？』

「え、ええまあ」

電話の理由を、向こうが提示してくれたので、めぐみはほっとした。

「あの、入金日がいつかわかれば、と思いまして」

『本来なら、二五日前に処理しなきゃまずいのに。まったく、あいつはそういうところルーズだから。若く見えても三〇歳過ぎてるのに、いつまで経ってもだらしない。早急に処理するようにさせますね』

「はあ」

『ほんと、ごめんなさいね。いまから処理すると、再来月になってしまうけど』

「入金される日付がわかれば、大丈夫です」

『ほかにも大野、そっちに迷惑かけてない？』

「いえ、あの親切にしてくださって、来週の金曜日には打ち上げに誘ってくださっています。宇野さんも一緒なんですよね？」

『私？　そんなわけない。管理課は黒子だし、打ち上げに呼ばれることはないのよ。まして、あの大野がそんな気を利かせるわけはないし』

受話器の向こうで、宇野が鼻で笑ったようだ。

「はあ、そうですか」

『それに私、来週は勤続二〇年で一週間有給を取るの。だから会社はお休みなのよ』

「勤続二〇年ですか。それはおめでとうございます」

『ありがとう。めでたいかどうかわからないけど、よくまあ続けられたと思うわ。でも、せっかくだから旅行に行こうと思ってるの』

「いいですね。どこですか？」

宇野は上機嫌で、計画しているフィンランド旅行についてしゃべり始めた。それにつきあい、しばらく雑談してから電話を切った。

「どうだった？」

電話を切ると、青がこちらを見る。

「その……金曜日には宇野さん来ないみたいです。勤続二〇年の休暇を取るそうなので」

「やっぱりね。来られないってわかっていて、宇野さんの名前を出したんだよ。ますます怪しいね」

「どうしましょうか。体調悪くなったって、直前に断りましょうか？」

「だめだめ、そうしたら、また別の日に設定してくるだけだよ」

「じゃあ、どうしたらいいんでしょう？」

「まあ、私にまかせてよ」

青は自信ありげに、にやっと笑った。


金曜日の時間ぴったりに、めぐみは指定された『レストラン・セン』に出掛けた。デートにも着る若草色のニットのトップスに白のシフォンスカートを身に着けた。それが似合うからと、青に勧められたのだ。入口で大野の名前を告げると、店員はすぐに笑顔を浮かべた。

「お連れさまは先にお越しです」

そして、いちばん奥のテーブル席へと案内された。

めぐみの姿に気づいて、大野は頬を緩めかけたが、すぐに困惑した表情になった。大野はデートに着るようなブランドものの洒落たジャケットを身に着けていた。顔立ちは悪くないので、なかなか決まっている。

「こんばんは。今日はお招きにあずかりまして」

めぐみが挨拶する。だが、大野の視線はめぐみではなく、その背後に向けられていた。

「あの、そちらは？」

「はじめまして。同じ事務所の桐生です。今日は打ち上げと伺って、参加させていただくことにしました。私も、こちらのお仕事に関わりましたので」

めぐみの後ろにいた青がしれっとした顔で言う。青の服装は装飾のない、濃紺のワンピース。飾りのないシンプルなデザインが、逆にスタイルのよさを引き立たせている。

「あの、彼女がうちの事務所の代表なんです。この際、ご紹介をと思いまして」

めぐみが補足する。青とそういう風に打ち合わせしておいたのだ。

「こちら、三人でも座れますね？」

そう言うと、青はさっさと奥の席に座った。テーブルは四人掛けだ。

「すみません、いきなり連れて来て。宇野さんもいらっしゃると聞いていたので、にぎやかな方がいいかと思ったのですが。……宇野さんはまだ？」

めぐみが聞くと、大野がぎごちない笑みを浮かべながら言う。

「そうそう、宇野さん、今週は勤続二〇年で有給取っていたんですよ。日程をずらそうかと思ったんですが、打ち上げは早いうちにやる方がいいと思いまして」

「だったら、私が参加してちょうどよかったですね」

青はにこっと微笑む。もとが美人だし、今日は薄く化粧もしてドレスアップしている。なので、華が咲いたように美しい。大野は感嘆したように青の顔を眺める。

「もちろんです。両手に花で、僕は嬉しい」

打ち上げに付いて行くと言い出したのは、青の方だった。ふたりいれば、相手もうかつなことはできないから、と言い張ったのだ。失礼になるのではないか、とめぐみは躊躇したが、青は譲らなかった。結局めぐみが折れて、ふたりで行くことになった。

「せっかくですから、シャンパンをボトルで頼みましょうか？　おふたりとも、お酒は大丈夫ですか？」

「はい、お願いします」

青は平然と言う。大野が給仕の人にシャンパンを頼んだ。シャンパンの値段を見て『こんな高いもの、大丈夫だろうか』とめぐみは内心ドキドキしている。

「では、おふたりとの出会いに、カンパイ！」

大野がグラスをかざすと、グラスの中の泡が美しく揺れる。口元だけで微笑むと、青は優雅な仕草でシャンパンを口に含む。めぐみもそれを真似した。

「あ、おいしい」

思わずめぐみはつぶやいた。甘い香りが、のどから鼻の方へすっと抜けていく。

さすが、高いだけのことはある。いままで飲んできたシャンパンとは全然違う。値段のことはもういいや。せっかくの打ち上げだもの。この場を楽しもう。

めぐみは気持ちを切り替えた。大野は編集者らしく如才なく場を盛り上げた。いつもより テンション高く、ふたりを笑わせようと、おもしろおかしい話題を振って来た。青は最初に挨拶したっきり、微笑むだけでほとんどしゃべらなかったが、場をしらけさせるような言動はしなかった。

「桐生さんは、雑誌のデザインはやらないんですか？」

話題が途切れた時、ふと思いついたように大野が尋ねた。

「いえ、雑誌は赤池の担当ですから」

それを聞いて、めぐみは食べていたパンが喉につかえて、むせそうになった。

いつの間にそんなことが決まったのか。

「それはどうして？」

大野が質問を続ける。

「私、写真を選んだり、並べたりするのが苦手なんです。いい写真を選ぶだけならいいけど、雑誌の場合、そうはいかない。説明とか順番とかいろんな要素がついてくる。いろいろ考えながら調整するのは苦手。それより、ゼロから何かを作り上げる方がいいですから」

話を聞いていためぐみは、青の言わんとすることが腑に落ちた。

『ヨガ的生活』のデザイン見本を作った時、なぜあんな形にしたのかと思ったけど、あれはよいと思う写真を大きくしただけだったんだ。青さんにとっては、ページを美しく見せることが最優先で、それほどでもない写真を編集上の都合で大きく見せるというのは、美意識に反することなのだろう。

「それで装丁の方を専門に？」

「専門って謳ってるわけじゃないけど、装丁は基本自分のアイデアで決められるから、楽ですね」

「なるほどねえ。桐生さんにとっては、デザインは一から作り出すものなんですね。赤池さんはどうなんですか？」

ふいに話を振られて、考え込んでいためぐみはちょっと混乱した。

「えっと、私にとってのデザインですか？　あまり考えたこと、なかったけど」

「じゃあ、デザインに興味を持ったきっかけって、なんだったんですか？　僕、そういうことに興味があるんですよ。ひとは何がきっかけでその仕事を選ぶのかって」

大野に言われて、めぐみは考え込む。

いつだったんだろう。私が最初にデザインに興味を持ったのは。

デザイナーという言葉の意味を知る前に、デザインのよさに触れた経験があったはずだ。それはいつだったか。

考えるめぐみの脳裏に、一枚の紙が浮かんだ。

そうだ、あれを手にした時の驚きが、デザインとの出会いだったんだ。

「思い出しました。最初に私がデザインを意識したのは、小学五年の頃でした。担任が若い女の先生で、その人が最初に配った学級通信が、とても素敵だったんです。中身はそれまでと変わらないし、前の先生だってパソコンを使って工夫していたのに、文字の置き方とか、罫線の引き方だけで、全然違って見えた。その時、初めて私はデザインというものを意識したのだと思うんです」

同じ文や写真を使っても、見せ方によって変わる。なんだかすごいことを発見したような気がして、家に帰るとすぐにそれを母に報告した。すると、皿洗いをしていた手を止めて、母は言ったのだ。

『いいことに気づいたね。それがデザインってことなんだよ。デザイン次第で同じものでもカッコよく見えたり、ダサく見えたりする。今度の先生は、きっとデザインするのが上手なんだね』

その時の母の優しい声や表情まではっきり覚えている。

デザインが上手にできる人になりたい。その意識が芽生えたのは、その時だったのだ。

「なるほど、栴檀は双葉より芳しですね。そんな頃からもうデザインの良し悪しに意識的だったとは」

大野に褒められて、めぐみは照れくさい。

「そんなことないですよ。その先生、あとから知ったんですけど、教育大の美術科出身だったんです。大学でデザインの勉強もされていたそうなので、素人目にもわかるくらいセンスがよかったんです」

「いえいえ、教えられなくてもデザインに気づくというのは、もともと見る目があったということです。学級通信で気づくということは、赤池さんは最初から雑誌的なものに興味があったのかもしれないですね」

そうなのかもしれない、とめぐみは思った。同じ記事を、どう見せたらカッコよく、目を引くものにできるだろうか。そのための創意工夫が好きだ。手持ちの写真やイラストは変わらなくても、デザイン次第で生かすも殺すもできる。それが楽しいと思う。

自分には、ゼロから何かを生み出す装丁の仕事よりも、雑誌の仕事が性に合っているのかもしれない。

ふと気づいた思いに、めぐみは自分でもびっくりした。

自分の目指すところは装丁家だと思ったけど、そうでもないかもしれない。

「ところで桐生さんはいかがですか？　デザインに興味を持ったきっかけって何なんですか？」

「私？」

ふいに話を振られて、青は使っていたナイフとフォークの手を止めた。チキンソテーを切り分けているところだった。

「私にとって、最初のデザインは文字だった」

「文字？」

「小さい頃、母が病弱で寝込んでいることが多かったから、部屋の中でよく一人遊びしていた。お絵描きしているのにも飽きて、今度は字を書き始めた。私がいた部屋は本がたくさん並んでいて、その背表紙の字を真似し始めたんです。まだ文字が読めない頃で、意味ではなく形が面白いと思って」

「背表紙の文字を模写したってことですか？」

めぐみの質問に、青はこっくりうなずいた。

「おとなたちが真面目な顔で本を読んでいたから、そこに何か面白いことが書かれているんだろう、とぼんやり思っていた。たくさんある本の中には、手書きの文字のようなものもあったから、それを引っ張り出して真似していました。床に腹ばいになってそれをスケッチブックに夢中で書き出していたら、おとながやってきて、服が汚れると叱られた。……それが、私の子どもの頃のいちばん古い記憶」

「じゃあ、その頃から書体に興味があったってことですか?」

めぐみは思わず尋ねた。

「そういうことになるかな? 当時から同じ文字でも書体によって表情が変わることは、なんとなくわかっていた気がする」

「さすが……。桐生さんはなるべくして装丁家になったんですね」

「それはわからないけど、タイトル文字そのものに世界がある。そこからイメージが浮かぶ。そのイメージをより広げたり、読者を刺激するような見せ方を考えるのは面白い。特に小説の場合は、中身にもいろんなイメージを喚起させる言葉が詰まっているしね。自分の仕事は、抽象的なイメージを整理して、写真やイラストを使って具体的なかたちにすることだと思っている」

めぐみの中になんとも言えない感情が生まれた。

やはり私と青さんはタイプが違うのだ。このひとはあくまで装丁家だ。自分の中のイメージを広げて、新しいものを生み出そうとしている。

私はデザイナーだ。カメラマンやライターや編集者と一緒に雑誌のページを作り上げる。

自分だけのアイデアでなく、写真の美しさやほかの人の意見にインスパイアされることが楽しいのだ。青さんとは違う。

だけど、もしそうだとしたら、私が青さんの事務所にいる意味があるんだろうか。私が雑誌の仕事を受けることは、青さんにとってはマイナスなんじゃないだろうか。スタジオ・シエルは装丁専門の事務所として売り出した方がいいんじゃないだろうか。

こみあげてきた思いを、めぐみは慌てて抑え付けた。

そんなことはない。できたばかりのデザイン事務所だもの、最初から仕事を限定しない方がいい。仕事にはいろんな側面があるし、可能性だってあるんだもの。

めぐみは目の前の皿に集中した。話に熱中するあまり、料理は冷めて、ソースと脂が皿に流れている。それをパンで拭きとると、唇を汚さないようにしながら口に押し込んだ。

評判通り料理は美味しく、見た目も美しかった。好き嫌いの多い青も、すべての皿を空にした。終わってみれば、なかなか楽しい食事会になった。

会計は大野が全部支払った。自分たちの分はこちらで出す、と青は言ったのだが、

「今日は打ち上げですし、お嬢さま方に支払わせるわけにはいきませんから」

大野はカードを出しながら言う。

「領収書お願いします。宛名はサガワ出版で。サガワは片仮名」

ぞんざいな口調で大野はレジの人に告げる。それを聞いて、めぐみと青は目を見合わせ

てくすっと笑った。

「今日は楽しかったです。ありがとうございました」

めぐみと青は大野に頭を下げた。

「いえいえ、こちらこそ楽しかったです。でもまだ九時前ですね。もう一軒行きませんか？」

「いえ、あの」

めぐみが青の方を見る。青は冷静な口調で言う。

「今日はまだ仕事が終わっていないんです。これから事務所に戻って、続きをやりますので」

「そうですか。じゃあ、仕方ないですね」

未練たっぷりのまなざしで青を見ながら、大野は言う。

「でも、また近いうちにご一緒しましょう。さっき話していた、牡蠣のうまい店にも行きましょうね」

大野の視線はまっすぐ青を見ている。青は賛成とも反対ともつかぬような、あいまいな微笑みを浮かべていた。大野の関心は、めぐみからすっかり青に移っているようだ。ほっとしたような、ちょっと残念なような複雑な気持ちで、めぐみはふたりを見ていた。

大野と別れて、地下鉄の駅に向かう道すがら、めぐみは青に言う。

「今日はありがとうございました。おかげで助かりました」

何事もなく、大野と終始楽しく過ごすことができた。大野のプライドも傷つけずに済んだ。次に一緒に仕事をすることがあっても、嫌な感じにはならないだろう。それは青が来てくれたおかげだ。

「まあ、よかったね。こうして牽制しておけば、今後はうかつにちょっかい出してこないだろうよ」

青は小さくあくびを嚙み殺した。

「気に入らない相手なのに、青さん、ずっと感じよく応対してましたね」

「前の会社でも、たまに接待があると引っ張り出されていたんだ。女性が少ないから来てくれって。こっちはホステスじゃないってのに」

「田中祥平事務所のようなところでも、接待ってあるんですね」

孤高のデザイナーというイメージがあるので、青はそういう世俗の行事とは無縁な気がしていたのだ。

「うん、たまにだけどね。打ち上げでこちらが編集者に接待される時は嫌な思いはしなかったけど、大きな仕事が絡んでいて、代理店だのエラい役人だのが来る時はほんっと嫌だったな。下種《げす》なやつも多かったし、セクハラ発言は当たり前だったし」

「そういう時、どうしてたんですか？」

「黙ってニコニコしてろ、って言われた。おまえは発言しなくてもいいからって」

なるほど、今日の妙におとなしい態度は、接待モードだったのか。

「めぐは接待やったことなかったの？」

「うちは、クライアントが社内でしたから、その必要はなかったんです。ほかの部署と飲みに行くなんて滅多になかったし、あっても接待ということではなかった」

めぐみのこころの中に甘酸っぱいような、泣きたくなるような感情が浮かんでくる。

そういう面でも自分はいい環境にいたのだ。仕事絡みで口説かれるという経験も、前の会社では一度もなかった。人間関係で多少気を遣うことはあっても、セクハラやパワハラからは守られていたんだ。

「どうしたの？」

青が、相手のこころの奥を覗き込むようなまなざしで、こちらをみている。

「いいえ、自分は恵まれていたんだな、と思って」

「ん、まあ、接待なんて滅びるといいのに。男社会が作り上げた、媚とへつらいの文化だよ。……でも、今日の飯は美味かったから、よしとするか」

「そうですね。自分じゃなかなかこういう店には来られませんしね」

「うん。あの男がいなかったらもっと楽しかったけど、お財布だと思えば我慢できないこともなかったし」

めぐみは思わず吹き出した。

「青さん、それはひどい」

「そもそも会社の金使って、仕事相手を口説こうって魂胆が碌なもんじゃないよ」

「それはそうですね」

どうせお金の出どころは前の会社だ。退職金も出なかったんだから、これが送別会の代わりだと思えば胸も痛まない。

「じゃあ、帰ろう」

「帰りましょう」

青の少し後ろから、めぐみは地下鉄に続く階段を下って行く。

誰かと同じ方角に帰るというのは、久しぶりの感覚だ。学生時代、同じ学生アパートに住む友人と出掛けた時以来だ。

他人だけど他人じゃない。こういう距離感っていいな。

めぐみは想いを噛みしめるように、ゆっくりと階段を下りていた。地下の奥から、電車の到着を教える轟音が響いていた。

15

その後、大野から連絡が来なくなったかというと、その逆だった。すぐにまた別の単行本のデザインを発注してきたのだ。それを口実に、何かというと事務所までわざわざ足を運んで来た。仕事の話はさっさとすませ、その後ぐだぐだと雑談して粘る。

「この事務所はいいですね。犬も猫もいて癒される」

そのわりには胡桃に好かれておらず、大野が来ると、胡桃は自分のマットにうずくまる。大野はおもちゃを使って気を引こうとするが、胡桃は知らん顔して寝たふりだ。めぐみとしては、変に口説かれたりしなければかまわないので、適当に相手をしている。青は仕事場でおしゃべりをされるのが苦痛らしく、会話に加わることは滅多にない。

「あー、うるさい。やっと帰った。今日は一時間二四分も粘っていた」

大野が帰ると、せいせいした、というように青は立ち上がって窓を開ける。なぜか胡桃まで一緒になって伸びをする。

「よく我慢してましたね」

「あいつの持って来るおやつが美味いから、ティータイムだと割り切っている」

青がスイーツ好きと知って、大野は来るたびに違った手土産を持って来る。今日は伊勢丹の地下で大人気の、バスクレーヌのマドレーヌを携えてきた。高いし行列必至というお店なので、めぐみも自分では買ったことがない。並んでまで買うのはおっくうだ。

「スイーツのセンスはいいですしね」

「まあ、誰にでも取り柄はあるってこと。だけど、めぐもいい加減、大野の仕事は断りなよ。またいつ面倒なことを言い出すか、わからないし」

青はそう言うが、めぐみには編集者の知り合いは少ない。季刊の『ヨガ的生活』だけでは十分な仕事量とは言えない。少しでも新しい仕事が欲しかった。

「でも、今回はスケジュールもゆったり取れますし、悪くない仕事だと思います。それに、単行本の仕事は、あまり経験がないので、勉強になりますし」

「そんなこと」

ふん、と青は鼻で笑う。

「別に大野じゃなくても、そういう仕事は来るよ。大野の条件が特別いいわけじゃない」

「それは、青さんだからです。青さんみたいに知名度があればそうかもしれませんが、私に単行本の仕事をくれる人なんて、ほかにいないんです。すごくありがたい仕事なんです」

「大丈夫だよ。無理に迎合しなくても、めぐだってすぐに装丁の仕事ができるようになるよ。めぐにはセンスがある。いつまでも雑誌の仕事ばかりしなくても大丈夫だよ」

その言い方は、なんだか胸に刺さった。

「それじゃ、まるで雑誌の仕事の方が下みたいじゃないですか」

「そういうつもりじゃないけど、めぐだって装丁の仕事がやりたいんじゃないの？」

そう言われて、ぐっと言葉に詰まる。

装丁家になりたい。いままでずっとそう思っていたけど、装丁の仕事も雑誌の仕事も、どっちも好きだ。どちらかに決めなきゃいけないものだろうか。

そんなめぐみの様子を見て、

「勝手にすれば」

と、青はそっぽを向いた。

めんどくさいなあ、とめぐみは思う。ちょっとしたことで、青の機嫌が変わる。自分自身は口が悪いくせに、こっちのちょっとした言動を気にしている。

しょせん友人でもないし、仕事の上司というだけの間柄なのだ。喧嘩をしている訳でないなら、気にしなければいい。そのうちまたひょんなことから青の機嫌は直るだろう。

そう思っても、たったふたりしかいないから、ちょっとした不機嫌でも気になってしまう。その日も、仕事の終了時間になる前に、青はさっさと自分の部屋へと引き上げてしまった。

せめて、挨拶くらいすればいいのに。そういうところが子どもっぽいと思うのだ。

めぐみが溜め息を吐いていると、電話が鳴った。電話機に着信番号が出ているが、知らない番号だ。

「はい、スタジオ・シエルです」

『もしもし、あの、赤池さん?』

その声は、めぐみには聴きなれたものだった。

「もしかして、神崎さんですか?」

『そう。お久しぶり。元気だった?』

サガワ出版にいた時の先輩の神崎だ。デザイン室ではいちばん上手いと言われていた先輩で、めぐみが入社した時から、何かと世話になった人だ。

「はい。どうしてここが？」

『宇野さんに尋ねたの。そしたらいま、桐生青のもとで働いているって教えてくれたのよ』

「そうですか。神崎さんはその後お元気ですか？」

『うん、まあ。それで積もる話もあるから、会いたいね。近いうちに、時間ある？』

「はい、いつでも」

『急な話だけど、今日は空いてる？　実はいま、新大久保で食事しているの』

「えっ、いまですか？」

『そっちの仕事が終わったら、合流しない？　新藤さんもいっしょなのよ』

「行きます！　どこのお店にいるんですか？」

そうして、めぐみは神崎の誘いに乗って、でりかおんどるという韓国料理屋に行くことにした。事務所からは歩いて一〇分も掛からない場所にある。

お店は人気店らしく満席だった。入口の前で、入店を待つ人もたむろしている。中に入ると、肉を焼く脂の匂いやキムチの匂いがぷうんと香っている。

「こっちこっち」

奥の座席に中年の女性がふたり座っており、こちらを見て手を振っている。神崎英子《えいこ》と新藤真由美《まゆみ》だ。ふたりとも頬が紅潮している。すでに何杯か飲んでいるのだろう。

「お久しぶりです」

「久しぶりね。元気だった？　まあ、こっちに座って」

新藤が隣の席を指す。めぐみはそこに座る。

「かけつけ一杯、生でいいわね？」

「はい、お願いします」

テーブルの上にはナムルやキムチ、海鮮チヂミのほか、コンロでサムギョプサルが焼かれている。豚バラ肉がいい感じに焦げて、チリチリと脂が落ちている。

「新大久保が職場なんてうらやましいわ」

神崎が言う。そういえば神崎は韓流ドラマのファンで、好きな俳優を追いかけて韓国まで旅行したことがあるのだ。聴いているのも、もっぱらK-popばかりだそうだ。

昨年デザイン室でやった忘年会の会場も、神崎さんの強い希望で新大久保の韓国料理屋に決まったんだった。新大久保については、もしかしたら私より詳しいかもしれない。

「便利な場所なので、何かと助かっています」

ここに住んでからは美術館も映画館も行きやすくなった。スーパーや百円ショップもあるので、生活用品の買い物にも意外と困らない。

「それに、テイクアウトのお店が多いので、忙しい時には重宝します」

やや高いのが難だが、本格的な韓国料理からスナックみたいなものまで、表通りに出ればいくらでも買える。珍しいものも多いので、食の楽しみが増えた。

「うちの事務所の場所も、新大久保にしようかな」

神崎が何気なく言う。

「えっ、事務所を作るんですか？」

「ええまあ。とりあえず、ビールが来たから乾杯ね」

そうして乾杯をすると、神崎が説明を始めた。

「実はね、新藤さん、田舎に帰っていたんだけど、親御さんを無事施設に入れたから、また東京に戻ってくることになったの」

「そうなんですか？　嬉しいです」

新藤はデザイン室が無くなった後、田舎の母を介護するために長野の実家に帰っていたのだ。新藤は四〇代前半、デザイナーとしては脂がのっている時期だったので、やめてしまうのはもったいない、とめぐみは思っていた。神崎の方は、新藤よりふたつかみっつ年上。退社後は組織に入らず、フリーランスのデザイナーとして仕事をしている。家庭もあり、子どももいるが、仕事の方も手を抜かずにずっと頑張ってきた。

「長野にいても仕事がないし、親しい友人はみんな都会に出ているから、いてもつまらない。住み慣れた東京の方が何かと都合いいのよ。だけど、まずは仕事がないと困るでしょ？　それで神崎さんに相談したら、いっしょに仕事しないかって」

「ちょうどよかったの。私の方も、正式に事務所を立ち上げようかと思っていたところだから」

神崎が豚肉をトングで返しながら言う。脂が垂れてじゅうじゅうといい音を立てている。

「事務所？　すごいですね」

「そんなことはないのよ。辞めた後も、サガワ出版の方から仕事が貰えたから、やってることは昔と変わらない。だけど、ひとりだから人手が足りなくて、アルバイトを雇っているくらい」

「そうなんですね」

「編集部の人たちも、新しいところに頼むよりは、気心の知れた人に頼む方がいいって言ってくれるし。スケジュールがいっぱいで、やむなく断ることもあるくらい」

さすが神崎さんという想いと、自分はまだまだだ、という想いがめぐみの中で交錯する。会社にいた当時から、神崎のデザイナーとしての力は周りが認めていたし、そのおかげで仕事が継続している。自分はそこまで行く前に、会社を辞めてしまった。

「だけど、会社辞めてびっくりしたのは、ちゃんと正規のデザイン料を払ってもらうと、お給料で貰っていた額よりずっと多い金額になるのね。そりゃ、光熱費とかコピー代とか資料代は自分持ちだけど、フリーになってからの方が収入はだんぜん多い。こんなことなら、もっと早くフリーランスになればよかったと思うわ」

「でも、そうしたらサガワ出版から仕事貰えなかったし」

新藤が横からそう突っ込む。

「それはそう。デザイン室が無くなると聞いた時はお先真っ暗な気がしたけど、おかげでこうして仕事を貰えて、収入も増えた。結果オーライだったかもね」

「その通り。前の状況で定年まで勤めたとしても、ろくに退職金も出ないし、これでよかったのよ」

「そうかもしれませんね」

めぐみは相槌を打つ。

「それでね、いま、めぐちゃんはどういう状況なの？　うまくいってる？」

しゃべりながら、神崎は焼けた豚肉をそれぞれの皿に取り分けた。手際のよさは、前と変わっていない。

「ええ、まあ」

「率直なところ、いまの待遇はどうなの？　正社員？」

「いいえ、社員じゃありません」

「じゃあ、契約社員？」

「……そういうところですね」

いまの仕事は口約束で決まったことで、契約社員とも言えない。強いて言えばアルバイトになる。

「いずれ社員になれる保証はあるの？」

「さあ。桐生さんの気持ち次第ですけど、そういうことをちゃんと考えるような人じゃないですし……」

そもそも彼女が欲していたのは、電話番や猫の世話をしてくれる人。よく解釈しても、マネージャーだろう。デザイナーを増やして、組織として立たせていこうという考えがあるとは思えない。

「だったら、めぐちゃんもうちに来ない？」

「えっ？」

新藤の突然の発言に、めぐみは箸で摑んでいた肉の塊をテーブルの上に落っことしてしまった。

「そりゃ、桐生青の事務所で仕事しているとなればステータスだし、めぐちゃん、文芸の装丁の仕事をやりたいと言ってたから、いまの事務所でもいいのかもしれないけど……」

「だけど、桐生青ってきまぐれとか変人とか言われているし、案外めぐちゃんも苦労してるんじゃないかって話をしてたのよ」

新藤が言いにくそうに言うと、神崎があとに続く。めぐみは落とした肉を箸で拾い、皿の端に置く。

「苦労っていうほどのことはありませんが」

ナプキンでテーブルを拭きながら、めぐみは答える。

やはり、そういう噂が立っているのか。言われるほど青さんは変人ではない。ちょっと気まぐれではあるけど。青さんは目立つ存在だから、面白おかしく言われているのだ。

「桐生青ってどう？　やっぱり難しい？」

「うーん、難しいというほどではないけど、気分屋で、ちょっと子どもっぽいところはあ

ります ね。それに一匹狼というか、ほかの人と交流を持ちたがらないし」

「孤高の天才って感じ?」

「というか、友だちとか家族の話は聞いたことないです。私が知る限りでは、この半年仕事以外の連絡が来たこともないし。猫がいちばんの友だちという感じ」

それを口にした時、ふと、葡萄の件で青の機嫌が悪くなったのをめぐみは思い出した。

もしかすると、あれは寂しかったのかもしれない。仕事がうまくいったことを喜んでくれる家族が私にいるのが、うらやましかったのかもしれない。青さんがどんなにいい仕事をしても、仕事の関係者のほかには喜んでくれる人はいないのではないか。

そこに思い至って、めぐみの胸がズキンとうずいた。

私にとっては家族や友人は当たり前の存在だけど、青さんにとっては特別なものだとしたら、私の言動は家族自慢に思えただろう。自分自身の孤独を思い知らされる気がして、傷ついたのかもしれない。だとしたら、悪いことをした。

だが、ふたりはめぐみの屈託には気づかず、話を続ける。

「あのね。私としたらめぐちゃんが幸せであればいいの」

「そうそう。いまの職場で満足して、やりがいがあるならそれもよし。だけど、会社員の頃より大変だったり、先行きの希望がないんだったら、こっちにおいでよ。三人で会社を立ち上げれば、三人とも役員だし権限も対等。それっていいと思わない?」

「新しい事務所っていうのは、ちゃんと会社組織にするんですね」

事務所といってもいろんな形態がある。個人事業主が便宜的に集まった形態にするのか、と思って聞いていたが、本格的に会社の形をとるらしい。

「渋る夫を二ヶ月説得して、ようやく口説き落とした。子どもも高校生だからもうそんなに手も掛からないし。私はね、サガワ出版を見返したいって気持ちがあるの。会社の経営不振だからって、これまで二〇年勤めていた人間をぽいっと放り出すなんて酷い。人を人とも思っていないってことじゃない？　だからね、独立してちゃんとやれてるってことを証明したいのよ。我々卒業組で力を合わせてやれば、業界の荒波も渡っていける気がするし」

「まあまあ、熱くならないで。これからもサガワ出版とはおつきあいが続くわけだし、今後もいい関係でいないとね」

いつも落ち着いている新藤が神崎をなだめる。熱血の神崎にクールな新藤、と昔から言われていた。

そうだ、会社にいた頃からふたりはいいコンビだった。会社を立ち上げてもきっとうまくやっていく。だけど、私はどうだろう。対等という関係になれるだろうか？

最初に仕事を教えてもらった先輩たちだし、年齢もずっと上だから、どうしても遠慮が伴う。もしかしたら、青さんに対してよりも気を遣うかもしれない。それではつまらない気がする。職場では上下関係があるのが当たり前、と思っていたけど、そうじゃなくて、パートナーみたいな対等な関係で続けていける方が、もっといいのかもしれない。

「それはそう。うちらが元気で幸せにやることが、最高のしっぺ返し。それにサガワ出版も協力してもらいましょう」

かんぱーい、と神崎がビールのジョッキを掲げた。相当酔っているらしい。調子を合わせて新藤もジョッキを掲げ、神崎のジョッキにぶつける。かちんと乾いた音が鳴った。めぐみもジョッキを掲げたが、神崎は腕を下ろしてしまったので、空振りになってしまった。

食事が終わって店を出たのは九時半を回ったころだった。ここのところ青とばかりしゃべっていたので、元の仕事仲間との会話は刺激になった。あっという間に三時間近くが経っていた。

「もう一軒行く？」

「私はお腹いっぱいです。珈琲くらいならつきあいますが」

「じゃあ、評判のイケメンカフェに行ってみる？」

「イケメンカフェ？　そんなのあるんですか？」

「私も行ったことないけど、地下アイドルの子たちがバイトしているカフェが、新大久保にはあるらしいよ」

そんなことを言いながら、駅に向かって歩きだした。夜一〇時近くなっても、歩道にはまだまだ人が多い。三人で塊になって歩いていたところを、反対側から来た相手とぶつかりそうになった。

「すみません」

身体を斜めにしながら、めぐみは相手の顔を見て驚いた。青だ。

「あれ、青さん、どうしてここへ？」

「そっちこそどうして？　そちらは？」

青はちらっとめぐみの連れを見た。

「ああ、こちら、サガワ出版のデザイン室の先輩たち。……桐生青さんです」

「ああ、お噂はかねがね。めぐみがお世話になっております」

神崎がいくぶんハイトーンで言う。

「私たち、これから二軒目に行くんですよ。新事務所設立のお祝いで。よければ桐生さんもご一緒しませんか？」

新藤の言葉に、みるみる青の顔が険しくなる。

「けっこうです」

吐き捨てるように言うと、青は雑踏の中に小走りで消えて行った。

その背中を見ながら、「愛想のない人ねえ」と、神崎がつぶやくように言う。

めぐみは、はっとする。

「すみません、私ちょっと用を思い出しました。ここで失礼してもいいでしょうか？　ばたばたで出て来たので、仕事を中途半端にしてきたので」

「ああ、上司の顔を見て、思い出したってわけね」

新藤が勝手に解釈して、勝手に納得している。

「じゃあ、仕方ないわね。今度また連絡するから。また、近いうちお会いしましょう。それから、そっちの事務所が嫌になったら、いつでも歓迎するからね」

「ありがとうございます」

挨拶もそこそこにめぐみはその場を立ち去り、事務所の方へと向かった。

住宅街に入ると、表通りの喧噪とはうらはらに、辺りは暗く、静かだ。すっかり慣れた道を速足で進み、事務所へとたどり着く。灯りが点いているのが、外からでもわかる。青がそこにいるのだ。めぐみはほっとして、扉を開けた。部屋に入って行くと、青がパソコンの向こうからこちらを見る。

「青さん」

なんと言おうか、とめぐみが躊躇していると、青の方から言い出した。

「いいんだよ、昔の先輩の事務所に行きたかったら、いつでも」

やっぱりそうだ。青さんは私が先輩たちの新事務所に行くと誤解している。

「いままでだってひとりだったし、仲間なんていなかったから」

強がるその言葉とは裏腹に、青の声は震えている。

「これからだってひとり。めぐのことだって、すぐに忘れる」

「青さん、誤解です。私はここを辞めません」

「ほんとに？」

青は探るようなまなざしを向けてくる。緊張したように、肩をいからせている。

「先輩たちが新事務所を立ち上げるというので、一緒にお祝いしていただけです」

「だけど、あの人たち、まるでめぐの保護者みたいだったじゃない」

「確かに、前の会社では私がいちばん年下で、妹みたいにかわいがってもらいました」

「だから、そっちに行きたいんじゃないの？　新しい事務所に誘われたんでしょ？」

「ええ、それはそうです。新事務所の立ち上げ人のひとりにならないかって」

「それで、どう返事したの？」

「いえ、特には。まだここでやりたいこともあるし、せっかく新しい事務所に来たのに、また昔と同じ仕事をするというのもどうかな、と思うんです」

そうなのだ。神崎たちの誘いに即答しなかったのは、また昔と同じような状況になるのがおっくうだからだ。ずっと年上で、頼りになる優しい先輩たち。だけどその分、いつまでたっても対等にはなれない。仕事内容も昔と変わらず、新しいことに挑戦する機会もなかなかないだろう。それがずっと続くのだ。

気楽だけど、どこか息苦しい。

「でも、結局サガワ出版の仕事をやってるじゃない」

青は拗ねたような目をしている。

「それはそうですけど、先輩たちと一緒だったら、アート・ディレクターにはなれなかった。この事務所にいたから、貰えた仕事です」

めぐみは青の目をまっすぐに見た。

「ここに来て、私はよかったと思っています。だから、青さんさえよければ、まだ私はここにいたい。青さんと仕事をしたいんです」

それを聞いて青はちょっと泣きそうな目になった。が、ぷいと視線を逸らし、「勝手にすれば」と言う。

猫のシロがにゃあ、と鳴いて、青の膝に乗った。青はめぐみのことなど関心ない、というように、シロの背中を「よしよし」と撫でていた。だが、その肩はほっとしたように力が抜けて丸くなっていた。

16

その日は朝から雨が降りそうで降らない、どんよりと重苦しい日だった。

「いっそ、雨が降ってしまった方がすっきりするのに。この湿気、たまらない」

青は湿度の高いことには弱く、朝からずっとぼやいている。

「はかどらないなら、お茶にしますか？　今日いただいた群林堂の豆大福、早めに食べた方がいいと思いますし」

「豆大福か。気分としてはゼリーとかの方がいいんだけど」

そんな話をしていると、ドアのチャイムが鳴った。めぐみが玄関まで行ってドアを開ける。

「……中島さん」

ミルくんパパ、と言おうとしたところを、危うくめぐみは呑み込んだ。

「前にパーティで名刺をいただいていたので、事務所がここだとわかったんです」

「そうでしたか。何か御用でしょうか？」

「はい、仕事の依頼を。……入ってもいいですか？」

「ええ、どうぞ。靴のままでかまいませんから」

ミルくんパパこと中島が入って行くと、中にいた胡桃が嬉しそうに立ち上がり、びゅんびゅん大きく尾を振りながら近寄って来る。

「胡桃ちゃん、いい仔だね。でも、今日は仕事で来たから、おやつはないよ」

中島は屈んで胡桃の耳の横を撫でる。胡桃はされるがままになっている。うっとりした顔つきだ。

「青さん、お客さまです。こちら」

めぐみが紹介しようとして言い掛けたが、青の目はまっすぐ中島を見て、うんざりしたような口調で言った。

「何しに来たの、峻？」

それを聞いて、めぐみははっとした。青と中島は旧知の間柄だったらしい。それも、名前で呼び合うほど親しかったのだ。

「仕事の依頼だよ」

「仕事？」

「僕が勤めている百貨店の系列の美術館で、光宗壮一の回顧展をすることになったんだ。そのポスターやパンフレットなどのデザインの仕事と、同時期に発売する画集の仕事を、こちらの事務所にお願いしたいんだ」

「光宗壮一の仕事？　私に？」

光宗壮一という名前は、めぐみも知っている。平成を代表する画家兼彫刻家だ。

「そう、青に頼みたい。悪い仕事じゃないと思う。大きなプロジェクトだから制作費には予算が掛けられるし、ギャランティも十分な支払いができる」

「そんなの、お断り。ほかを当たって」

突き放すように青は言い切った。

「これは普通の仕事とは違う。青にこそやってほしいんだ」

「私はやりたくない！」

強い口調で言うと、青は小走りで部屋を出て行った。

「青さん」

めぐみも後に続くが、青は自分の部屋に入ると、ドアを閉めた。内から鍵を掛ける音がする。

「青さん、開けてください」

めぐみが言っても中からは反応がない。怒っているのか、拗ねているのか、ドアの外からはわからない。仕方なく、めぐみは仕事部屋に戻る。

「すみません、桐生が失礼な態度をとって」

「いえ、まあ、想定していたことですから」

中島は平然としている。ソファに座って、帰る気配がない。

「あの、お茶をお持ちしますね」

いたたまれなくなって、めぐみはキッチンへと引き下がる。お茶と急須を出して、お湯を沸かす。お茶は嬉野茶だ。実家から送って来たものを一部、仕事場に置いてある。用意をしながら、めぐみは考えを巡らす。

中島さんと青さんは昔から知り合いのようだ。お互い名前で呼び合っていたくらいだから、かなり親しいつきあいだったのだろう。それなのに、青さんは仕事を受けたくないと言う。ふたりの間に何かあったのだろうか？

ケトルが沸騰して、ピーと音を立てた。火を止め、湯冷ましにお湯を注いで冷めるのを待つ。

いやいや、そんなことはどうでもいい。事情はどうであれ、中島さんはうちの事務所に仕事を持ってきてくれたのだ。大事なクライアントだ。

湯冷ましの湯を急須へと注ぐ。お茶を淹れているうちに気持ちが落ち着いてきた。お盆にお茶と茶菓子の豆大福を載せて、中島の所へと運ぶ。

「どうぞ」

めぐみが勧めると、中島は「ありがとう」と言って、お茶を手に取った。その顔に、かすかに緊張があることに気づいて、めぐみは少し安心した。自分も中島の前に座ると、単刀直入に尋ねてみた。

「あの、中島さんは桐生さんの知り合いなんですか？」

中島は、めぐみを見て微笑んだ。

「知り合いというか、義理の兄なんです」

「義理の兄」

めぐみは絶句した。想定外のことだ。

「母親が違うんです。父親が、光宗壮一」

「光宗壮一」

さらにびっくりして、めぐみは何も言えなくなった。

美術の教科書に載るような有名な画家が、青さんと中島さんの実の父だなんて。

そういえば、ここのアトリエは光宗壮一のものらしいって倫果が言ってたっけ。

「やはりご存じなかったんですね。光宗壮一というのは、父が自分でつけた仕事名です。本名は中島壮一。ここはかつて祖父が住んでいた家で、子どもの頃は僕も住んでいました。そして、青が生まれ育った場所でもある」

中島は、懐かしそうに部屋の中を見回した。めぐみの方はいきなり知らされた事実を、頭の中で消化するのに精いっぱいだ。

「そうだったんですね」

娘だから、青さんはここに住んでいたんだ。こんな広い家にひとりで住んでいたのも、そういう理由なのか。

「もとは、我々家族もここに住んでいたんですよ。だけど、僕が小学校に上がる前に、母はもっと環境のいいところへ移りたいと言って、世田谷の、いまの家に引っ越しました。ここは繁華街が近いので、教育上よくないことを気にしていたんですね。その後、父はアトリエを建てて、仕事場にしたのです」

中島は出されたお茶の茶碗の蓋を取った。そして、ゆっくりとお茶を口に含む。

「お茶、美味しいです。それに、この器もいいですね」

「ありがとうございます」

緊張する話をしている最中だが、めぐみの顔が自然にほころんだ。

お茶碗は有田焼だ。めぐみの母が、甥の結婚式で引き出物として貰ったものだ。地元では何かというと有田焼を贈りあうので、実家でもそれが余っている。めぐみが実家に帰った時に、それをいくつか貰ってきたのだ。普段使いにはもったいないので、事務所の来客用に使うために、キッチンに置いている。

「赤池さんは、青にとてもよくしてくれているようですね」

「いえ、そんな。私は雇われている身ですし、仕事では青さんには全然及びません。よくするなんてとても」

「あの子は孤独な生い立ちのせいか、あまり他人を信用していないんですよ。それなのに、赤池さんがずっと傍にいることを許している。それだけ赤池さんを信じているってことだと思います」

「そうでしょうか？　私の代わりになる人はいくらでもいると思いますが」

「いいえ。青を見ればわかります。以前より優しい顔になった。それに、三年前に会った時はもっと痩せて、ピリピリしていましたから」

「そうだと嬉しいんですが」

自分が来てから、食事事情はよくなった。なので、その面では貢献していると思う。

「赤池さんには、青のこと、知ってもらった方がいいかもしれません。僕のことも、まるきり知らないわけではないし、これから仕事をご一緒するなら、隠しておくわけにはいきませんし」

「はあ」

「長い話になりますが、聞いてもらえますか？」

「ええ、もちろん」

中島はどこから話そうか、というように手に持った湯飲みに視線を落としていたが、言葉を選ぶように話し始めた。

「その昔、この一帯には映画製作会社があったんですよ。ご存じでしたか？」

「いえ。知りませんでした」

「明治の頃の話なので、知らない人が多いと思います。曽祖父はそこに勤めていたので、ここに住むことになったそうです。そういう先祖がいることを父はとても自慢に思っていて……それで、この家を捨てがたく思っていたようです。家族が引っ越した後も住居ではなくアトリエとして使うことにして、家からここまで通っていました。やがて青の母とつきあい、彼女に子どもができると、ここに住まわせました。彼女はまだ女子大生で、妊娠したことで親とも絶縁になったのだそうです」

淡々と話される内容を咀嚼するのに、めぐみは少し時間が掛かった。

「つまり、青さんのおかあさまは光宗壮一の」

愛人という言葉を、めぐみは呑み込んだ。あまりいい響きではない。

「ええ。僕の母は正式な妻でしたから、青は婚外子。僕とは異母兄妹《きょうだい》になります」

「そういうことだったんですね」

「恥ずかしいことですよね。あ、恥ずかしいというのは、青のことじゃないですよ。うちの父のことです。妻も子もあるいい年をした男が、若い女にのぼせ上がって、無責任に子どもまで作って。周りからは、そんな風に非難されました。でも、父は画家でした。一般的な道徳は通用しない。彼女は自分の創作意欲の源だ、自分のミューズだと言って、周りを黙らせたんです」

いかにも古いタイプの芸術家らしい言い草だ。芸術家にインスピレーションを与える存在として、美術史に名前が残るモデルもいる。ミュシャやロートレックのモデルになったサラ・ベルナールなどは、めぐみでも知っている。

「本人はよくても、ご家族が大変だったでしょうね」

「ええ。でも、僕はずっと知らなかったんです。父は不在がちでしたし、誰も僕には教えてくれませんでしたしね」

「じゃあ、いつ青さんのことを知ったんですか?」

「大学を卒業する頃です。ある日突然、父が青を連れて帰り、『これはお前の妹だ。今日からここに住まわせる』と言ったんです。病気がちだった青の母は、青が中学に入った直後に亡くなりました。それで、青をひとりにしておけなかったのです」

「それは……ショックだったでしょうね」

「いえ、実は父に隠し子がいることは、うすうす知っていたんです。おとなたちの噂はなんとなく聞こえてきますし。だから、驚きというより、やっぱり、という気持ちが僕は強かったです。僕よりショックだったのは、青の方だと思います。母親の親戚とは絶縁状態でしたし、青にとって母はたったひとりの身内、と言ってもいい存在でしたから」

「そういうことでしたか」

鼻がつんときた。まだ中学生だった青の心情を思うと、胸が痛む。

「僕はもう二〇《はたち》歳を超えてましたからね。ある程度落ち着いて受け止められましたけど、青は多感な時期でしたしね。いろいろ葛藤があったと思います」

「それにしても、中島さんのおかあさまはよく承諾されましたね。ふつうなら、そういう子どもを引き取るのは抵抗があると思いますが」

「いいえ、青を引き取ろうと言い出したのは、母だったんです」

「えっ、そうなんですね」

「僕が言うのもなんですが、母はこころ優しいひとです。青のおかあさんが子どもを残して亡くなったことを、たいそう気の毒に思っていたようです。さらに、青の母方の親戚が引き取りを拒否していることを知り、『子どもには罪がないのだからうちで引き取りましょう』と、父に言ったそうなんです」

「それは……なかなかできることじゃないと思います。ほんとに……こころが広い方なんですね」

「ええ。いま考えても、母はえらかったと思います。それで、青は中学の三年間はうちで過ごしました」

「中学三年間？」

「高校になると、こっちの方が高校に通いやすいから、と青はこの家に戻って一人暮らしを始めたんです。……あ、でも関係が悪かったとか、そういうことじゃないですよ。僕も母も青を受け入れようと努力しましたし、青の方も新しい環境に馴染もうとしていました。喧嘩もなかったですし、結構うまくやっていたと思います」

「じゃあ、なぜ？」

めぐみが尋ねると、中島は一瞬どう説明したらいいか、と言うように口ごもったが、すぐに話を続けた。

「僕ら当事者がよくても、周りはそうは受け取らない。特に親戚がうるさい。妾《めかけ》の子と陰口をたたくだけでは収まらず、わざわざ家まで押しかけてきた者もいたんです。母に向かって妾の子を引き取るなんておかしいとか、いまにこの子に家を乗っ取られるとか、言いたい放題。週刊誌にもいろいろ書かれましたしね。それで青は、自分がいない方がうちに迷惑が掛からないと思ったんだと思います。ああ見えて、青は優しい子ですから」

「ええ、それはわかります」

好き勝手生きているように見えて、青さんは繊細だし、身近な人間に気を遣う。自分のために中島母子に迷惑が掛かると知ったら、自分から去っていくだろう。

「じゃあ、高校から青さんはずっとここで？」

「ええ。最初の頃は週末にはうちに戻って来たんですが、だんだん足が遠のきました。母はいつでも戻ってらっしゃい、と言ってるんですけどね」

「そうだったんですね。全然知らなかった」

青が家族について話すのを聞いたこともないし、家族の話をされるのも好まない。家族はいないか、いても絶縁状態なのだろう、と思っていたが、こんな複雑な事情があるとは思ってもみなかった。重い話をふいに聞かされて、めぐみは息苦しい。

「七年前に父が亡くなると、ますます寄り付かなくなりました。でも、だから、この仕事を青に頼みたい、と思ったんです。このまま青との関係が遠くなってしまうのは、兄として悲しいですし、ひとつくらい兄妹で何か仕事をするのも悪くないと思いますし」

「それでうちに仕事を」

「通常なら制作は全部代理店にまかせてしまうんですが、今回は出来る限り自分でやるつもりです。青にはデザイナーとしてこの仕事に関わってほしい」

「展覧会と画集のお仕事ということであれば、うちのような弱小事務所にとってはとてもありがたいです。私だけならお引き受けしたいと思いますが、……やっぱり、青さんの気持ち次第ですね」

青さんはなんと思うだろうか。先ほどの態度をみれば、やりたいとは思っていないだろう。

「青自身は、父親とはあまり関わりたくないんでしょうね。父親が有名であるためにいろいろ噂になりましたし、父との関係の不安定さに母親が苦しんでいたことを知ってますから、父に対してあまりいい感情を持っていないと思います」

「中島さんは、どうなんですか？」

「僕ですか？」

虚を突かれたように、中島はきょとんとした顔をしたが、すぐに笑顔になった。

「正直に言えば、僕もあまり父が好きではありません。有名人の息子というのは目立ちますし、親と比べられてダメとか、いろんなことを言われますし。それ以前に、うちの父は人間としてどうか、と思うことが多々ありましたから。……ただ、こういう仕事をして気づいたのは、そんなふうにめちゃくちゃな人間だったから、あれだけの仕事ができたんだろう、ということです。道徳や善悪といった倫理的なものに縛られない自由さと、そこに収まりきらないエネルギーが、あの人を光宗壮一たらしめたのだと」

中島はそこで大きく溜め息を吐いた。

「父親としては最低な人間ですが、芸術家としての実績は認めざるをえない。僕が展覧会をやろうと思ったのは、そういう父の仕事をもう一度みつめ直したいと思ったからです。それが、いまの僕にとっては必要なことなんです」

中島には、偉大な父親の息子としての葛藤があるのだろう、とめぐみは思った。平凡な両親にのびのび育てられた自分にはわからない、複雑な想いを抱いていることは想像がつく。だから、きっとこの仕事をするのは、彼としては切実なことなのだろう。

「今日はもう帰りますが、できれば僕の気持ちを青に伝えていただけると助かります。直接話ができればいいんですが、それは難しいと思うので」

「それはわかりましたが……中島さんのおかあさまはこのことについてなんと？」

会ったこともない女性だが、そのひとがどう想うのかはめぐみには気になった。

「最初に母に相談しました。母はその場で賛成してくれました。兄妹で父の画集を作るのは、何よりの供養になる、と言うんです」

「わかりました。確かにそうかもしれませんね。そういうことであれば、伺ったことを青さんに伝えるようにします」

中島が帰ってしばらくすると、青は事務所の方に戻って来た。

「あいつ、帰ったのね」

面倒は去った、というような安堵した顔をしている。

「ええ。また来るそうです」

「今度来ても、私は会わない」

「そんなこと言わないで。お兄さんなんでしょ？」

青は目を見張った。

「峻が……話したの？」

「ええ。青さんの生い立ちのことや、光宗壮一との関係についても」

「よけいなことを」

青は小さく舌打ちをする。

「でも、私は聞いてよかったと思います」

「どうして？」

「青さんのことをもっと知りたいから」

「それは……好奇心？」

青の目がきらりと光る。その目を見ると気持ちが臆しそうになるが、平静を装って言う。

「というより、青さんとこれからも一緒にやっていきたいからです。知っておくべきことなら、知っておきたい。パートナーですし」

「私の生い立ちなんて、仕事やる上では関係ないよ」

「いいえ。中島さんの話を聞いて青さんのことを前より理解できた気がしますし、聞いてよかったと思います」

ふん、というように、青は顔を背けた。

「中島さんが青さんにこれを頼みたいというのは、よくよく考えたうえのことだと思います。これは私の憶測ですが、父親の仕事を画展と画集というかたちで総括することで、自分が抱えている父親に対する鬱屈と決着をつけたい、そんなふうに思っているんじゃないでしょうか」

「それで？　私も決着つけろ、とでも言うの？」

「いいえ、それは中島さんなりの考え方だし、青さんとは違う。青さんがやりたいならやればいいし、嫌ならやめればいいと思います。ただ」

「ただ？」

「青さんが断れば、ほかのデザイナーがやる。それで出来上がった仕事を見て、青さんが後悔しなければいい、と思います」

「まさか、そんな」

「こういう仕事は何度もあるもんじゃない。光宗壮一の画集は二度と作られないかもしれない。それでも関わりたくないと思うならかまわない、と思います。だけど、画集に載る中には、青さんのおかあさまの絵もありますよね。それがどんなかたちで掲載されてもよいと思うなら、引き受けることはない。だけど、もし青さん自身にこだわりがあるなら、引き受けた方がいい」

めぐみの言葉を聞いて、青は黙り込んだ。

「中島さんのおかあさまは、兄妹で作ることがおとうさまの供養になる、とおっしゃっているそうです。そういう考え方もあると思いますが、それよりプロとして、画集の仕上がりについて青さん自身が関わりたいか関わりたくないか、だと思います」

それを聞いて、青の眉間に皺がよった。だが、青の目は何も見ていない。めぐみはそれ以上話し掛けるのをやめ、自分の仕事に戻って行った。

「決めた。光宗壮一の仕事、引き受ける」

青がそういう結論を出したのは、その翌朝のことだった。

「これをうまく仕上げれば、うちの事務所の仕事を広げることになる。それに、ちょっと考えていることがあるから、まとまったお金が入るのはありがたいし」

「考えていること？」

「そのうち話すよ。だけど、やるにあたっては、ひとつ条件がある」

「条件？」

「ポスターとかカタログとか、画展に関する仕事は全部めぐにまかせる。私は画集に専念したい」

「……いいんですか？」

大きな仕事をまかされるのは嬉しい。だけど、ほんとに自分でいいのだろうか、とめぐみは思う。

「うん。画展の方は峻とめぐにまかせる。ふたりでやるなら悪い形にはならないと思うから、それでいい。だけど、画集は本だから、私のやりたいようにやる。本はずっと残るものだし」

「青さん……」

「めぐなら大丈夫だよ。カタログの制作は私には向いてないし、めぐが引き受けてくれたら、私の方が助かる」

「了解です。では、中島さんの方に連絡しておきますね」

めぐみは電話のボタンを押した。その指先は嬉しさで弾んでいた。

17

美術展のポスターやカタログというのは、それほど難しい仕事ではない。ポスターは展覧会の象徴となる一枚を大きく見せればいいし、カタログはたくさんある写真を淡々と並べ、キャプションつまり説明文をうまく配置すればいい、とめぐみは思っていた。だが、始めてみると、意外と手間の掛かる仕事になった。美術展のキュレーターといろいろと調整が必要だったが、それ以上にプロジェクト・マネージャーである中島自身からの注文が多かった。

中島のこだわりは並々ならぬものがあり、ただのカタログというのではなく、それだけで美術書としても成立するようにしたい、と主張した。中島自身が編集者の役割を務め、美術評論家に原稿を依頼したり、ライターに詳細な年表を作らせたりした。その一部は展覧会で使用されたが、カタログにはその何倍もの文章を載せることになった。デザインへのこだわりも強かった。ポスターや表紙についてのデザインはそれぞれ一〇パターン以上提出させられたし、本文中のイラストの配置にもこだわった。イラストの大小の付け方、キャプションの書体にもいろいろ意見を言う。並の編集者よりよほどデザインに詳しいし、目の付け所も細かい。

「中島さんは目がいいんですね」

ほんの一ミリか二ミリほどの狂いを指摘されて、めぐみは思わず言った。

「さあ、どうでしょうか。僕自身はそれほど意識したことはありませんが」

中島は大学で美学を学んでいたそうだ。創作ではなく論理に重きを置く学科だ。視覚的なものについてのこだわりがなければ、美学を専攻することは考えにくい。やはり父親譲りなのだろう、とめぐみは思った。

色校正紙も何度も取った。色味の具合にも、中島はこだわった。表紙以外は特色を使わなかったので、金色の部分の発色が上手く出なかった。五回、六回と校正を繰り返し、印刷所の人が「勘弁してください。四色印刷ではこれが限界です」と言うところまで粘っていた。

物腰柔らかい中島の意外なほどのこだわりに、めぐみも音を上げそうになった。だが、その中島の粘りのおかげで、素晴らしいものになったことを、めぐみも認めないわけにはいかなかった。いつもなら七〇くらいで考えるのをやめてしまうが、中島はそれ以上、一〇〇とか一二〇のアイデアが出るまで要求し続けた。ここまで要求してくれる編集者にはいままで会ったことがなかったし、仕上がりのよさを見ると、この仕事をやってよかった、と思った。

一方で青の方は難航していた。装丁の仕事がいくつか重なっていたこともあるが、青には珍しくアイデアがまとまらないようだった。いくつもアイデアのラフを描いてはボツにしている。いつもはアイデアに困ることがない青にしては異例のことだ。

「制限があるといろんなことがやってみたくなるけど、自由にしていい、と言われると、逆に困るね。峻がためらうくらい、お金の掛かる装丁にしようと思っているのに」

そんなふうに軽口をたたくが、ほんとのところはずっと真剣に考えているのをめぐみは気づいていた。

画集は美術展の期間に注文を取る完全受注商品だ。なので、それまでに完成していなくても、表紙と仕様くらいは決めておかなければならない。仕様が決まらないと価格も決まらないからだ。

青はたまに「散歩してくる」と言って、昼間からふらりといなくなる。そういう時は、たいていい大きな書店に出掛けている。新大久保から歩いて三〇分も掛からないところにある紀伊國屋書店の新宿本店か、さらに足を伸ばして神田の古本屋街に行くこともあった。そこに並んだ装丁を見て、何かヒントを得ようとしているのだ。いつも以上に集中して考えているので、しばしば青は食事をするのを忘れる。食べるのを忘れないよう、めぐみが注意していなければならなかった。

そうしてある日、「ようやくまとまった」と、青は言った。中島に連絡を取り、事務所に呼び出した。

青はデザインラフを、仕事部屋のテーブルの上に広げた。

函《はこ》は暗い青色の地に Souichi Mitsumune と、箔押しで入る。その内側にはくすんだ赤の地に『画鬼《がき》　光宗壮一』というタイトルが書かれた表紙が来る。画鬼というのは、光宗壮一を揶揄する時に言われた呼び名だ。絵に対する厳しい姿勢からそう呼ばれたのだが、本人は生前「誉め言葉として受け取っておく」と言っていたらしい。

「意外とシンプルなデザインだね」

中島が言う。桐生青と言えば、仕掛けがあったり、派手な印象が強い。そのイメージからすると、拍子抜けするくらいシンプルだ。

「画集だから、デザインが主張しすぎない方がいい。冷静な仮面の下の情熱とか怨念というテーマで考えた」

「なるほど。この書体が、青らしいね」

中島に言われて、青は自信ありげに微笑む。青自身がこのために作った書体だ。

「中はスイス装で上製本、背はくるみのハードカバーか」

スイス装は表紙の内側の片面だけに糊《のり》付けされたもので、背の部分は表紙に密着していない。背はムセン綴《と》じなので、本を一八〇度開くことができる。画集や料理本などでもたまに使われる手法だ。

「それで、……本文は活版の明朝体にしたい」

「活版?」

めぐみもびっくりして青の顔を見る。かつては、文字ものの印刷は活字で組まれていた。しかし、便利さからオフセット印刷が普及すると、活字での印刷物は激減した。オフセット印刷は大量印刷が可能で、コストも抑えられ、細部まで鮮明に印刷できる。インクの発色もよく色持ちもするなどのメリットがある。活字はその書体や、文字を刷ると微かにくぼみができる。その独特な風合いが一部愛好家には好まれ、名刺やパンフレットなどにいまでも使われることはあるが、印刷の主流ではない。

「そう。今回のいちばんのこだわりはそこ。光宗壮一の画風にいちばん合うのは活字。そこは譲れない」

「それは無理じゃないか？　絵はオフセット印刷だ。同じ一ページの中に、オフセットと活版印刷で同時に刷るってことはありえないよ」

常識では、中島の言う通りだ。活字を使う活版印刷と、オフセット印刷ではやり方が異なる。活版印刷は平面印刷であり、木版画のように印刷する部分にインクを載せる。オフセット印刷は水とインクの反発作用を利用したもので、フィルムにつけられたインクを一度ゴムのドラムに転写してから紙に印刷するという違いがある。

「そうかな。いまの印刷技術なら、たいていのことはできると思うけど」

「活版とオフセットでは使う紙が違うよ。通常画集なら表面が固くてツルツルのコート紙を使う。発色がいいからね。活版となると凹み具合が生きるように、斤量があって柔らかめの紙を使う。そうなるとインクを吸ってしまうし、コート紙みたいにはっきりと色味が浮かびあがることはない。両方っていうのは無理だと思う」

「だけど、活字を使いたいんだよ。活字の持つ存在感は、オフセットの書体ではどうあがいてもかなわない。それが今回のデザインの肝だと思っている」

「文字部分は少ないし、今回の主役は絵だ。絵を中心に考えると、オフセット印刷しかありえない」

中島もそこは譲らない。活版で絵を印刷しても、オフセット印刷ほど鮮明に再現するのは難しいのだ。

「あの、いいでしょうか？」

めぐみが遠慮がちに口を挟む。兄妹の会話に割って入るのは、ちょっと勇気がいる。

「何？」

青と中島が、まったく同じタイミングでめぐみを見た。

「もし可能であれば、中島さんもこれでやっていい、と思われるんでしょうか？」

「それは、まあ、できるのであれば」

「この件、私が持ち帰らせていただいていいでしょうか？　できるかどうか、印刷所の知人に聞いてみたいんです」

以前、青のアイデアが印刷上の問題ということで拒まれた。だけど、実際にはできないことはない、と難波さんには言われた。素人考えでは無理でも、プロにはできるかもしれない。もし可能であれば、実現させてあげたい、とめぐみは思う。

「そうだね。印刷に関しては素人の我々が、ここでやれる、やれないと議論しても仕方ない。プロがどう判断するか、それ次第だね」

「もし、できると言ったら、それでやるんですか？」

めぐみは念を押す。

「もちろん、プロが保証してくれるなら、それでやるよ」

中島は力強く言う。本心では青のアイデアを生かせたら、と思っているのだ。そう確信しためぐみはほっとした。青はあきらめたような、感情を抑えた顔をしている。アイデアを拒まれることには慣れている、とでもいうような諦観した表情だ。その顔を見て、なんとかしなければ、とめぐみは決意していた。

「オフと活版を一枚で印刷？」

ヤマト印刷の難波は目を丸くした。印刷のプロに相談となると、やはりめぐみは難波を頼っている。

「こりゃ難しい注文だね。……えっと、オフを先に印刷して、活版を刷ればなんとかならないことはないよ。二度刷りになるんで手間は掛かるけど。紙のサイズの問題もあるが、それはまあ四枚どりとかにすればいいだけなんで」

あっさり難波は言った。難波に言われると、簡単なことのように聞こえる。その安心感がめぐみは嬉しい。

「ほんとうですか？　あの、紙はどうでしょう？」

「何を使いたいの？」

「絵の部分はコート紙で、と思うんですが、活版を生かそうとするなら、コートじゃない方がいいですよね」

「うん、まあそうだけど、コート紙でも活字は刷れるよ」

「それはそうですけど」

だが、コート紙では活字の質感は生かせない。

「画集ってことは、文字の多いページは最後の方に固まるんでしょ？」

「前の方でも、キャプションやノンブルくらいは入ると思いますが」

「まあ、その部分はあきらめてもらって、文字の多い後半の半折とか一折だけ活版に向いた紙にするとかね」

「紙を二種類使うってことですか？」

コストは掛かるが、それならできないことではない。

「そう。まあ、どうしても活版向けの紙で統一したいって言うなら、絵の部分だけ後から貼るっていうやり方もある」

「貼るって、手で貼るんですよね？　画集だから、貼る絵は一冊で何十枚もあるし、部数も一〇〇〇部はあると思いますよ」

貼る点数は万を超える。手作業では大変な時間と労力が必要だ。それをやってくれ、とはめぐみにはとても言えない。

「まあ、手間は掛かるけど、やれないことじゃない。製本については、機械じゃできないことも多いからね。そもそもスイス装だって、並製に比べりゃずっと手間は掛かるよ」

なんてことはない、というように難波は言う。

「そうなんですね。私たちは指定だけして、実際の作業を見ることはほとんどないんですけど、ほんとうはそうやって陰で誰かが支えてくれているんですね」

本の制作に携わるほとんどの人の名前は紙面に載らない。雑誌はともかく単行本では、編集者の名前ですら載ることは滅多にない。まして、印刷や製本を行った職人の名前が表に出ることはない。所属している組織の名前が載るだけだ。だが、装丁家の名前は載る。どういう仕事をやったのか、多くの人に伝わる。その点では恵まれている。

「それでいいんだよ。赤池さんたちの仕事はよりよい装丁を考えること。俺らはコストや手間を考えたうえでどう実現するか、それを考えて実行するのが仕事なんだから」

難波は微笑んだ。その目は、自分の仕事に対する自信と誇りに満ちていた。


結局難波のアドバイスに従い、前半の絵を見せる部分はオフセット印刷、後半の解説部分は活版印刷で行うことになった。折の関係でオフセット部分が数ページほど活版部分に食い込むが、そこに関しては絵を貼り込むことになる。中島が、ヤマト印刷に印刷を発注することに決めたので、めぐみはひそかに胸をなでおろした。プロの知恵を借りたのに、その人にメリットがないとしたら申し訳ない。難波はたぶん気にしないだろうけど。

だが、青は新たな難問を出してきた。青は昔の本を出してきて、見本として示した。昭和の頃発売されたイラスト辞典のような本だった。

「だったら、活版のページの紙はこれがいい」

「なぜ、これがいいんですか？」

めぐみが尋ねた。

「これなら、コート紙と並べても色味や質感にそれほど違和感がない。それでいて活版のよさもちゃんと表現されるから、これがベスト」

「紙の名前は？」

「わからない」

「紙の見本帳にはないんですね？」

「手持ちの見本帳にはない」

紙の見本帳は製紙会社ごと、用途や種類ごとにいくつも出されている。青が紙にこだわりがあるので、スタジオ・シエルでもかなりの数の見本帳を集めている。

「手持ちのものにないというと、相当マニアックな紙ってことじゃないですか？」

「実は、三〇年前に初めて光宗壮一の画集が出た時にも使われていた紙なんだ。ほんの少ししか作られなかったので私の手元にはないけど、古本屋で見た」

「なるほど、そういうことでしたか」

それが理由なら、かなえてあげたいとめぐみは思う。

「できればそれを再現したい。調べたらほかの画集でも使われていたから、そんなにマニアックではないと思う」

だったら、その紙は廃番になっているのかもしれない。紙にも流行り廃りがある。毎年新製品が出るが、人知れず廃番となって姿を消す紙もある。活版時代によく使われていたのなら、いまはもうないかもしれない。そう思いながら、めぐみはヤマト印刷の難波に連絡した。

「うーん、紙の件なら俺よりオカダ紙販売の水島《みずしま》くんの方が詳しいよ。餅は餅屋だから、そっちに聞いてみたら？」

オカダ紙販売というのは紙の問屋、水島はその会社の営業マンだ。サガワ出版に出入りしていたので、めぐみも顔と名前は知っているが、直接話をしたことはない。

「確かに、水島さんなら知ってると思うけど……、私が聞いても教えてくれるでしょうか？」

「顔は知ってるんだろ？」

「ええ、まあ」

「だったら連絡してみれば？　親切なやつだし、商売にも繋がることだから、無碍にはしないと思うよ」

難波の言葉に背中を押されて、めぐみは昔の名刺入れの中から水島の名刺を探し出し、電話をしてみた。「サガワ出版のデザイン室にいた」と言うと、すぐにめぐみのことを思い出してくれた。

「そういうことでしたら、お力になれるかもしれません。そちらの事務所はどこにありますか？　この後時間がありますので、伺います」

「わざわざ来てもらうのは申し訳ないです」

「ついでですし、実際にその紙を見た方が話は早いので」

そうして、三〇分もしないうちに水島は訪ねて来た。

「ちょうど新宿の取引先におりましたので、都合がよかったです」

水島は細い目をさらに細くして、にこやかに笑う。縦も横も大柄だが、いつも笑顔を浮かべているので威圧感はない。

「じゃあ、さっそく見てもらえますか？」

挨拶もそこそこに、めぐみは青から預かった本を渡した。青は黙って横に座っている。

水島は本をパラパラめくり、親指と人差し指で紙をこすって感触を確かめた。

「これは『ムーンライト・ホワイト』ですね」

いとも簡単に、紙の名前を言い当てる。

「活版が主流だった頃には、よく出回っていました。これを作っていた会社が五年前に無くなったので、いまはもうこの紙を見ることもなくなりましたが」

「じゃあ、もう手に入らないってこと？」

それまで黙っていた青が口を挟む。

「そうなりますね」

「それは困る。これじゃなきゃ、バランスが取れない」

「それは、どういうことでしょうか？」

水島に聞かれて、めぐみが事情を説明する。

「そうでしたか。そういうことでしたら、なるべくご希望をかなえて差し上げたいのですが、うーん、なかなか難しいですね」

一言で無理、と切って捨てないのは、水島の優しさだろう、とめぐみは思う。五年前に廃業した会社の紙が残っているとは思えない。

「別の紙ではダメですか？　最近発売されたものでも、いい紙はいろいろありますよ。『ムーンライト・ホワイト』に近いものもありますから、見本をお持ちしましょうか？」

「そうですね。紙がもうないんでしたら、それしかできないですね。ねえ、青さん」

めぐみが問い掛けても、青は黙っている。

いつもなら、青は現実的な事情で妥協することも珍しくない。抗っても仕方ないこともある、と経験上知っているのだろう。それなのに今回はこだわりを見せる。やはり、父親の画集だからなのだろうか。

「あの、ほんとにもう手に入らないんですか？」

めぐみは水島に念を押す。

「どこかに残っていないか、一応お探しはしてみますが、難しいと思います。あまり期待はしないでくださいね」

「あの、もし可能性があるのでしたら、ぜひ探してみてください。この仕事はうちの事務所にとってはとても大事な仕事になるので、後悔したくないんです。探すだけ探していただいて、それでもなければあきらめますが、そうでなかったとしたら悔いが残ります。必要なら、私たちも手伝います。ねえ、桐生さん？」

めぐみが青に話を振る。

「よろしくお願いします」

そう言って、青はふいに頭を下げた。長い髪が垂れて床に届きそうなほど深く。それを見て、隣にいためぐみも深くお辞儀した。

「あの、大丈夫です。頭を上げてください」

慌てた様子で水島が言う。

「紙を探すのは僕の仕事ですから、できる限りのことはやらせていただきます。ですが、しばらく時間をください」

「はい、お待ちしています」

そう返事をしたものの、やっぱり難しいだろう、とめぐみはこっそり溜め息を吐く。

作られなくなった紙を探すのはどうしたらいいのだろう。みつかったとしても、画集を作れるほど残っているだろうか。水島さんに無駄骨を折らせてしまうことになるんじゃないかな。それも申し訳ない。

紙のことは気になるが、そこで作業を止めるわけにはいかない。代案を考えたり、函や表紙のデザインを仕上げたり、と画集の作業は続く。こだわりの強い青と、自分の信念を譲らない中島は対立することもしばしばあり、間に入っためぐみはひやひやした。

三日後の晩、水島から電話が掛かって来た。

『みつかりました！』

開口一番、水島が嬉しそうに言う。

「みつかったって、ほんとですか？」

『はい、ムーンライト・ホワイトの取引の記録が弊社に残っておりました。そこから辿って行って、在庫紙が残っていないか、リストにあった取引先に確認したんですよ。そうしたらある印刷会社の倉庫から発見されたんです。そちらの仕事には十分足りる量だと思います』

「よかった、助かりました！」

『先方も喜んでいましたよ。在庫紙は倉庫を圧迫しますから、引き取ってもらえるなら好都合だって』

「えっと、この後はどうすればいいんでしょうか？　私たちが直接交渉することになるんですか？」

『それについては、私どもでいったん買い上げて、改めてヤマト印刷さんにご購入いただきます。うちも多少の利益は上乗せさせていただきますが、無謀な価格設定にはしませんので、ご安心ください』

「ありがとうございます。助かりました」

『あとはこちらにおまかせください。ヤマト印刷の難波さんに連絡して進めますので。紙代なども、難波さんの方から連絡が行くと思います』

「何から何まで、ほんとうにありがとうございます」

電話を切ると、めぐみは大きく安堵の溜め息を吐いた。

水島さんが頑張ってくれたから発見できたのだ。その水島さんを動かしたのは、私と青さんが直で訴えたから。それを見越して、水島さんに連絡を取るように、と難波さんが私にアドバイスしてくれたのだろう。

いろんな人の想いが繋がって、紙はみつかった。

自分の経験は無駄にはならなかった、とめぐみは思う。会社にいたおかげで、いろんな人と会うことができた。難波さんに相談できたのも水島さんに交渉できたのも、会社員時代の繋がりがあったからだ。最初からデザイン事務所で働いていたのなら、印刷所の人や製紙関係の人と繋がることはなかったかもしれない。

いろんな立場の人にアドバイスを貰えたことは、自分の財産になっている。だから、実現できることもある。それは青さんにはない、デザイナーとしての強みだろう。

めぐみの頬に自然と笑みが浮かんで来た。ふたりで組んで仕事することのメリットが青にもあるのかもしれない、と初めてめぐみは思っていた。

18

展覧会は大成功だった。未発表の女性像も公開されることが、テレビの美術番組で紹介された影響が大きかった。「これまでの光宗壮一のイメージを一新する傑作」と、番組の中でコメントされたのだ。おかげで連日満員、入場待ちの長い行列ができていた。会期途中でカタログも完売した。カタログには珍しく、重版を掛けることになった。

「内容もよかったけど、デザインも素晴らしかったですよ」

展覧会のキュレーターがそう言って褒めてくれたので、めぐみ自身にとっても大きな自信になった。だが、それ以上にめぐみを喜ばせたのは、友人の倫果からのLINEだった。

『カタログ見たよ。悔しいけど、とてもよかった。展覧会の仕事はうちでも何度かやってるけど、めぐの作ったカタログにはかなわないと思った。もっと自分も頑張ろうと思ったよ』

いつもは辛口の倫果が、こんな風に褒めてくれたのは初めてだ。何度も文面を読み返し、この仕事やってよかった、とめぐみはしみじみ思った。

展覧会が大成功だったので、画集の予約も順調だ。見込んでいた数の倍近くの予約が入っている、と中島が嬉しそうに伝えてくれた。青はそれを聞いても、ふん、としか言わないが、表情が安堵したように緩んでいるので、内心喜んでいるのだ、とめぐみは思った。

大きな仕事を終わらせ、事務所の仕事は軌道に乗った。青は担当した『風の記憶』がN木賞を獲ったことで注目され、仕事の依頼も格段に増えた。光宗壮一画集も、装丁の大きな賞の候補になっているらしい。それで受賞したら、ますます仕事は増えるだろう。

一方めぐみの方も、サガワ出版のほかにも中島の会社のカタログを頼まれたり、画展のカタログを見た別の編集者から依頼が来たりして、少しずつ仕事が増えている。

よかった、自分の給料分はちゃんと働いている。これなら、まだこの事務所で当分雇ってもらえるだろう。

めぐみの待遇はアルバイトと変わらない。いつ首を切られてもおかしくない立場なのだ。だからこそ売り上げはちゃんと立てないと、と思っている。

「めぐ、保険証が欲しい？」

ある日やぶからぼうに青に聞かれた。

「保険証？　国民健康保険なら持っていますけど」

「違うよ。法人の保険証。会社がお金を払うやつ」

「えっ、もしかして私を正社員にしてくれるってことですか？」

「正社員っていうのかな」

青は言いにくそうにもじもじしている。正社員ってわけではないらしい。めぐみの胸に、かすかに失望が起こる。

「じゃあ、契約社員だけど、保険は会社で払ってくれるってことでしょうか？」

それでも嬉しくはある。国民健康保険の支払いも馬鹿にならない。会社が持ってくれるなら、とても助かる。

「違う、違う。スタジオ・シエルを会社組織にするつもりなんだ」

「はい。保険証を持つってことは、法人組織にするってことですよね」

「だから、私とめぐとで会社を興すってことだよ。峻にも言われたんだ。そろそろ会社組織にした方がいい。法人にした方が社会的な信用も増すし、税金対策もやりやすくなる。会社を作るんなら自分も手伝うからって」

「私と青さんとで会社を作るってことですか？」

突然の話なので、めぐみは唖然として青の顔を見た。青は照れくさそうな、居心地悪そうな顔をしている。

「嫌？」

「とんでもない。嬉しいです。だけどいいんですか？　私とで」

「めぐだからいいんだよ」

「ほんとに？」

「だって、めぐじゃなきゃ、誰が私に本を読んでくれる？　それに、料理だって作ってくれるし」

めぐみは思わず苦笑する。それが自分の価値なのか。

「そういう事だったら……お手伝いさんを雇えばやってくれますよ」

「だって、だって、めぐは私と違うタイプだし」

「違うタイプ？」

「雑誌に強いし、スケジュールもちゃんとしているし、営業もできていろんな人とちゃんとやれるし」

青は一生懸命めぐみのよさを並べ立てる。

「センスもいいから、作るデザインもいい。私とは違う発想だから新鮮だよ」

いつもは褒めない青に褒められると、めぐみはちょっとくすぐったい。

「私の健康状態にも気配りしてくれる。猫にも犬にも優しいから、職場が快適だし」

「やっぱりデザイン以外の理由も大きいんですね」

「そりゃそうだよ。パートナーだもの、一緒にやって楽しい相手じゃないと嫌」

パートナー。

その言葉がぽっとめぐみの胸に温かく灯る。

自分はまだまだ青さんと並び立つようなデザイナーじゃない。

だけど、並び立つ必要があるだろうか。一緒に仕事して、お互い助け合える関係であれば、それでいい。私が私だから、青さんの役に立つことがある。

「めぐじゃないとダメ」

それを聞いて、めぐみは涙ぐみそうになった。だが、笑顔を浮かべて言う。

「はい、私も青さんがいいです」

「じゃあ、会社を作るってことでいいんだね？　やったー」

青は無邪気に歓声を上げた。

それを聞いて胡桃が立ち上がり、ワン、と大きな声で吠えた。

「胡桃も嬉しい？　じゃあ今日はお祝いだ」

「お祝い？」

「ココアのホットケーキ、作ってよ」

めぐみは思わず吹き出した。

「ホットケーキなんて、いつでも作りますよ。お祝いだったら、もっと豪勢なものにしましょうよ」

「豪勢なものって？」

「うーん、ステーキとか、すき焼きとか、伊勢海老とか」

「ああ、そうか。じゃあ、伊勢丹行って、いちばん上等な肉を買って来て、ステーキにしよう。サラダとか付け合わせも、デパ地下ならあるよね」

「いいですね。せっかくだから、スイーツも買いましょう。この前大野さんが持って来てくれたシャンドワゾーのチョコレートケーキ、美味しかったですよね。あれ、伊勢丹の地下で売っているんでしたよね？」

「あ」

めぐみの言葉を聞いて、青は不満そうな顔になった。

「あのケーキ、お好きじゃなかったですか？」

「違う、違う。前から言おうと思っていたけど、その敬語、なんとかならない？」

「敬語？」

「そういうの、苦手なんだ。敬語はやめてほしい」

青は唇を尖らせている。そういう顔をすると、まるで反抗期の子どものようだ。

「だけど、一応私は雇われてるし」

「これからは違う。同じ会社を運営していくパートナーなんだから、敬語はなし」

「わかりました。じゃあ、ちゃんと会社を立ち上げたら変えます」

「えー、いいじゃん、いまからだって」

「物事にはけじめってものがありますし」

「めぐはお固いよね」

青は大げさに溜め息を吐いてみせる。

「そりゃまあ、自由過ぎる人の傍にいると、私くらいはちゃんとしなきゃって思いますから」

「自由過ぎる人？」

「なんでもありません。それより、今日はもう仕事を終わらせて、買い出しに行きましょう」

「賛成！」

青は元気に立ち上がった。めぐみも立ち上がると、胡桃が立ち上がって、めぐみの傍に近づいて来る。

「こらこら、まだお散歩じゃないよ。これから買い出しに行くからね」

胡桃は自分も連れて行けと言わんばかりに、くーん、くーんと甘え鳴きしながらすり寄ってくる。

「大丈夫、あとでちゃんと散歩には連れて行くから。胡桃は私の大事な家族だからね」

考えてみれば、胡桃と一緒に暮らすようになってから運命が変わった、とめぐみは思う。失業して住む家もなくしかけたけど、そのおかげで青さんと出会った。この仔がいたから、青さんは私を雇うことに決めたのだ。一緒に住もうと言ってくれたのだ。

私自身も胡桃がいたから、思い切って新しい環境に踏み出せた。自分ひとりだったら、仕事相手と一緒に住むなんて、考えもしなかっただろう。

その判断は間違っていなかった、と思いたい。私にとっても、青さん自身にも。

「じゃあ、胡桃も伊勢丹について行く？」

青が胡桃の耳の横を撫でながら言う。

「ダメですよ。あんなところ、人も多いし車もたくさん通っているから、胡桃もびっくりしちゃいます。……いい仔で待っててね。そしたら、胡桃にもお肉を分けてあげるから」

胡桃は納得したようなしないような顔で、めぐみを見ながら首を傾げている。

「じゃあ、早く行って、早く帰ろう。胡桃をあんまり待たせないようにね」

「胡桃、行ってくるね」

胡桃はきゅうんと鳴いた。早く帰ってね、と訴えるように。

その声に背中を押されて、ふたりは笑いながら玄関のドアを開いた。

本書は書き下ろしです。
また、この物語はフィクションであり、
実在する団体・人物等とは一切関係がありません。

用紙一覧
本文：ソリストSP（N） 四六判Y目 56kg
カバー：ヴァンヌーボV スノーホワイト 四六判Y目 130kg
帯：B7バルキー 四六判Y目 90.5kg
表紙：カフェラテ 270g/m^2
別丁扉：トーンF CG1 四六判Y目 90kg

装画
satsuki

DTP
アジュール

装丁
アルビレオ

碧野 圭 Kei Aono
愛知県生まれ。東京学芸大学教育学部卒業。フリーライター、出版社勤務を経て、2006年『辞めない理由』で作家デビュー。ドラマ化もされた、累計57万部を超えるベストセラー「書店ガール」シリーズや、同じく累計10万部を超す「菜の花食堂のささやかな事件簿」シリーズ、その他「銀盤のトレース」シリーズ、「凛として弓を引く」シリーズ、『スケートボーイズ』『1939年のアロハシャツ』『書店員と二つの罪』『駒子さんは出世なんてしたくなかった』『跳べ、栄光のクワド』等、多数の著書がある。

レイアウトは期日《きじつ》までに

2024年2月9日　初版第1刷発行

著　者　碧野 圭
発行者　マイケル・ステイリー
発行所　株式会社U-NEXT
〒141-0021
東京都品川区上大崎3-1-1 目黒セントラルスクエア
電話 03-6741-4422（編集部）
048-487-9878（受注専用）

印刷所　シナノ印刷株式会社

ISBN: 978-4-910207-30-8 C0093